中华先锋人物
故事汇

中国航天员

太空追梦人

ZHONGGUO HANGTIANYUAN
TAIKONG ZHUIMENGREN

葛 竞 著

党建读物出版社　　接力出版社　Publishing House

图书在版编目（CIP）数据

中国航天员：太空追梦人／葛竞著 . — 北京：党建读物出版社；南宁：接力出版社，2019.4（2024.12重印）

（中华人物故事汇 . 中华先锋人物故事汇）

ISBN 978-7-5099-1076-4

Ⅰ.①中… Ⅱ.①葛… Ⅲ.①传记小说－中国－当代 Ⅳ.①I247.5

中国版本图书馆CIP数据核字(2018)第276585号

中国航天员——太空追梦人

葛 竞 著

责任编辑：李雅宁　廖灵艳

文字编辑：王　燕

责任校对：王　静　张琦锋　杜伟娜

装帧设计：严　冬　许继云　　美术编辑：高春雷

出版发行：党建读物出版社　　接力出版社

地　　址：北京市西城区西长安街80号东楼（邮编：100815）

　　　　　广西南宁市园湖南路9号（邮编：530022）

网　　址：http://www.djcb71.com　　http://www.jielibj.com

电　　话：010-65547970/7621

经　　销：新华书店

印　　刷：保定市中画美凯印刷有限公司

2019年4月第1版　　2024年12月第22次印刷

787毫米×1092毫米　32开本　　5.375印张　　80千字

印数：367 001—387 000册　　定价：28.00元

目 录

写给小读者的话

　　浩瀚的宇宙是每个孩子向往的地方，如果能去那里旅行，该是一件多么美妙浪漫的事情呀！

　　"心怀山海，眼有星辰。""神舟十四号"的航天员刘洋曾这样说。人类对未知的探索，从地球出发，直达无边无垠的宇宙。

　　二〇二二年六月五日，酒泉卫星发射中心，我国的"神舟十四号"载人飞船乘着一道耀目的强光，直入云霄。

　　从"神舟五号"到"神舟十四号"，中国航天员朝着人类探索宇宙的梦想，无所畏惧地大步前进。

　　但是你们知道吗？中国航天员为了他们的太空

之旅经历了多少艰辛的训练和严峻的挑战！

一九九八年一月四日，十四位通过层层选拔的飞行员，成为中国第一批航天员，他们宣誓要为祖国的载人航天事业奋斗终生。

等待他们的，是上百个学习课程和训练项目，有航天医学、地理气象学、高等数学、自动控制等基础理论课程，还有离心机训练、震动训练、野外生存训练等训练内容。在之后的二十年里，他们中的很多人已经成为家喻户晓的航天英雄，比如杨利伟、费俊龙和聂海胜；也有至今尚未飞入太空，但一直为航天梦不懈努力的英雄，比如邓清明。

你想知道航天员们的小秘密吗？

第一位飞入太空的中国航天员杨利伟在太空中曾被一道道闪光吓到，被奇怪的"敲门声"惊到，那是怎么回事？

我国第一位飞入太空的女航天员刘洋，儿时是个怎样与众不同的女孩？

我国首位"太空教师"王亚平，在飞船上为地球上的孩子们进行太空授课前，心情又是怎么样的？

让我们翻开这本书，看中国航天员如何突破自己的极限，实现航天梦！

你会知道，每个美好梦想实现的背后，都有持之以恒的努力与坚定不移的决心！

漫长等待

在一片望不到边际的蔚蓝之中，寂静笼罩了一切。

一位航天员正缓缓地走出舱门，他谨慎地把航天服上的保护绳索固定在飞船外壳上。这可不是因为他胆小，在茫茫太空中，飞船就像唯一能够停靠的小岛，航天员一旦离开，就会迷失在无边无际的宇宙中。

这位航天员开始了他的太空漫步。也许，在你的想象中，太空漫步应该像动画片里的超人那样，飞檐走壁，速度飞快，让人眼花缭乱。可惜，和你想象的不一样，他的动作古怪而缓慢，就像电影中的慢动作，看着有点好笑。

有位航天员曾经说过："失重是一张最柔软的床。"听上去倒是很舒服呢，但要是让你在一大团棉花中跳舞，还要做出各种精细的小动作，你会不会急得满头大汗，手忙脚乱？

告诉你一个秘密，航天员身上的航天服重达一百六十公斤，失重的时候，身体会变得不听指挥，想要控制自己的姿态，或是瞄准一个小零件，都变得格外困难。

但这位航天员却没有被难倒，他得心应手地进行舱外的工作，好像这一切他早就做过很多次了。

这是因为，航天员们都在更可怕的环境里训练过！

你听说过失重飞机吗？

喷气式飞机把训练者带到万米高空，再高速俯冲，制造出恐怖的失重效果，足足会持续二十五秒！

你坐过云霄飞车吧？俯冲的几秒钟，大家牢牢地抓住扶手，闭紧眼睛。也许，你特别勇敢，能大声欢呼，还能向四周的人挥手。但是，如果我命令你，要在这时候看书、喝水、吃东西，还要做几道数学题，你会不会立刻转身逃走呢？

其实，做到这些对航天员来说也不容易。跟你一样，他会觉得头昏脑涨，胃中翻滚，甚至想要逃走，但这却是每个航天员必须面对的考验，不能打败失重飞机，又如何面对宇宙航行中随时可能出现的各种状况呢？

就在这个时候，飞船的警报器突然嘀嘀作响，有部件出现了问题，航天员必须以最快的速度排除故障，否则整艘飞船的人员都可能面临生死存亡。在密密麻麻的线路和按钮中，他准确地找到了关键的那一个，及时修正，警报声消失了，他这才发现自己出了一身冷汗。

深蓝色的宇宙深处，传来了神秘的呼唤声。

那像是在北京航天城外面，女儿隔着厚厚的围墙跟他聊天的声音；又像是他小的时候，第一次听到飞机掠过头顶的呼啸声……

不！那是从水面传来的教练员的声音，教练员在呼唤着："邓清明！邓清明！"

一团气泡从他身边慢慢升起，耳边传来水波晃动的响声。

中华先锋人物故事汇 **中国航天员**

这里并不是浩瀚的宇宙，而是航天员进行失重训练的中性浮力水槽。

是的，航天员邓清明还没有飞上真正的太空，虽然他已经为此准备了很久很久，虽然他是现役航天员中服役最久、经验最为丰富的一个。

现在，他即将面对一次最重要的考核，这会是改变他命运的契机吗？盼望已久的宇宙征途会就此开启吗？

我猜，你一定遇到过很重要的考试。

也许是某次期末考试，妈妈答应，考好了就带你出国旅行。

也许是一次升学考试，关系到你能不能去理想的学校。

但如果是一场要进行十几年的考试，你有勇气坚持下去吗？

邓清明就经历了这样一场漫长的考试。

从加入中国人民解放军航天员大队开始，"神舟五号"载人飞船首次升空，他的队友杨利伟成为中国进入太空的第一人，之后"神舟六号""神舟七号""神舟九号""神舟十号""神舟十一号"载人航天飞船陆续升空。十几年过去了，费俊龙、聂海胜、翟志刚、刘伯明、景海鹏、刘旺、刘洋、王亚平……他的队友们先后进入太空，探索宇宙的奥秘，而邓清明还在航天城默默地训练，静静地等待。

一个人的宇宙征途需要勇气，需要智慧，更需要坚忍的毅力和永不放弃的决心。没有人知道，在踏上宇宙征途之前，需要走多久。

邓清明深刻地知道：每一个细节，每一道题目都会被列入最终考核的评分，0.01分的差距会彻底改变一个人的命运。对于"神舟十一号"的航天员选拔，他信心十足。他的体能一直保持着最好的状态，他的经验和阅历最为丰富，他相信这次自己一定能入选，实现梦想，去执行航天任务。

艰苦的训练，严酷的考核，这一切，他早已习以为常。

就像离心机训练，巨大的离心机以一百公里的时速高速旋转，航天员在铁臂尽头的圆筒里半躺着，体验超重的负荷，还要敏捷地回答问题。

这可比游乐场里的海盗船刺激多了，你会头晕目眩，看不清东西，心跳加快，呼吸困难，仿佛身上正站着一头大象。你的手边有一只小小的红色按钮，如果你受不了了，不用大喊救命，只要按下按钮，可怕的旋转就会停下来。然而，从来没有航天员按下那个按钮。

而在生存训练中，你会被飞机抛到荒无人烟的沙漠，没有帐篷，只有随身携带的降落伞，白天骄阳燥热，夜晚寒冷刺骨，这可不是一次浪漫的旅行。你要能根据夜空的星座判断方向，还要能认清地面上的动植物哪些是危险的，哪些可以充饥。

邓清明又一次走进航天城里航天指挥控制中心的大厅。

窗外阳光明媚，风轻云淡。

考核成绩已经出来了，那个他期盼已久的结果即将宣布。

中心的领导和参选航天飞行梯队的队员都在，他和战友们交换了个默契的眼神，他们每个人手中都拿着执飞任务的数据，做好了充分的准备，却不知道谁会是那个被选中的勇士。

大厅如此安静，他能听到自己呼吸和心跳的

声音。

几分钟后，名单即将揭晓。等待的时刻，显得短暂又漫长。

这一刻，邓清明想起了十八年前的情景，他走进一个庄严肃穆的大厅，怀着激动而兴奋的心情，期待开启自己的宇宙征途。

少年圆梦

想想几十年前，几个少年身处不同的地方，他们性格不同，也不知道彼此的存在。他们不会知道，未来他们将并肩担负同一个重任，朝着同一个伟大的梦想共同进发。

清晨并不是一直有光亮的，而是暗黑的夜缓缓被太阳点亮的，这一点儿时的邓清明早就知道了。在江西的东陂镇上，他总是需要在漆黑的清晨出发，在路上走上三个小时，才能走到学校。

但他永远不会嫌苦嫌累，因为他知道，喊他起床的父母，比他起得更早。

穿上单薄的衣服后，清明快速地背上自己的小挎包，里面装着妈妈给他备好的干粮。走出房门，初春清冷的空气让清明裹紧了身上的衣服。和父母告别后，便开始了这一天的征程。虽然清明不怕吃苦，但他最怕的是漆黑的夜路。

小时候，你也一定很怕黑吧？在妈妈催促你赶快上床，准备关灯的时候，你也许会赶紧把被子盖过头顶，严严实实地捂住自己，直到憋不住的时候，才迅速露出嘴，大吸一口气后躲进被窝儿。

因为在小孩子的心里，黑暗中有无数的妖魔鬼怪想要吃掉你。而你唯一的抵抗法宝就是一床被子，只要盖上它，妖怪就永远不会发现你。

当然，邓清明早过了害怕妖怪的年龄了，但他依旧怕黑，毕竟怕黑是人类的天性！

这可怎么办？而邓清明知道自己绝对不能回家，难道要和爸爸妈妈说自己因为怕黑而不去上学吗？

那就只能硬着头皮向前走了。可是他越走越害怕，背上不断渗出冷汗。

邓清明的眼前只有一片昏暗，而平日里的每一根普通的电线杆，一棵普通的垂柳，甚至只是一棵刚刚发芽的蔬菜，都似乎在清晨变作不为人知的怪物，窥探着在黑暗中独自行走的他。

邓清明只能睁大自己的眼睛，给自己不断地打气。寒气逼人的空气中，邓清明呼出的热气都变成了水雾。他越走越快，脚下却被什么东西绊了一下，快走带来的惯性和僵冷的身体让他一下子就摔倒在地。

黑暗中，邓清明紧紧闭着双眼，蜷缩起身体。他心中有两个声音在不断交织拉扯。一个声音不断呵斥自己：快给我起来！一定要走下去！而另一个则不断地安慰自己：没关系！只要闭紧双眼，安静地躺着就行了，躺到天亮我们就走！两个声音不断地敲击着邓清明的心房，如鼓点般越来越急，邓清明大口吸着清冷的空气，鼓起勇气睁大了眼睛。

而映入眼帘的，却是静默璀璨的星光。

少年的背被大地轻轻拥抱，他面对那紫罗兰色的夜空，还有那明亮的星光，脑海中的恐惧立刻全部消散了。邓清明只剩下了一个疑问：星空为什么那么美？

这一刻，邓清明不再害怕黑夜了，他相信星星的光芒能够照亮他前行的路。邓清明拿出包里妈妈做好的干粮，咬了一口，快步地走向学校。

这次的经历，在邓清明的心中埋下了一颗种子，那就是要在美丽的星空中遨游。

在遥远的东北，有一个顽皮得不行的"孩子王"，他此刻正在行驶的火车上跟一群小伙伴玩游戏呢。

那个孩子姓杨。你现在一定猜出他是谁了吧？没错，他就是中国航天第一人杨利伟。

你一定以为，作为一位航天英雄，杨利伟小时候一定是个品学兼优、经常受老师表扬的小朋友吧？但现实可不是这样，虽然杨利伟那时候学习成绩非常好，但他可是班上最令老师头疼的孩子。他夏天去河里游泳，秋天去大山里爬树，还经常带着小伙伴四处探险，在火车上假扮铁道游击队。

火车是那个时候的男孩最喜欢的东西，帅气，威风！而杨利伟也一样。性格活泼外向的他，梦想就是当一位火车司机。

长大后，杨利伟终于发现一个离英雄梦更近的办法——加入中国人民解放军空军！

高中三年级的时候，杨利伟参加了空军招飞的考试。他顺利通过了重重考试，成为中国人民解放军空军第八飞行学院的正式学员。

在湖北枣阳，另一个男孩聂海胜正在为几块钱的学费而犯愁。作为家里的老六，虽然学习成绩优秀，但是家里的情况实在是拮据，甚至连学习资料都没有，可他依然凭借自己的努力，考上了县里的重点高中。本来是令全家人都高兴的事，现在却让家人为难。毕竟，现在全家人吃的可都是黑窝头和杂面饼啊！哪里有钱供小六上学？

为了赚学费，聂海胜拼尽了全力，无论是搬木材还是下地干活，他都是最出力的那个人。为了多赚几块钱，他能步行十几里路，去堂兄家帮忙装茶叶。

在得知这一切后，学校特意为聂海胜减免了一些学费。他顺利地升入了高中，又在高中毕业后成为中国人民解放军空军的一员。

就这样，三位心怀梦想的少年长大了，他们都进入了空军部队，开始向他们的梦想一步步迈进。

他们在空军部队中的表现格外出色。杨利伟在执行训练任务时，曾经遇到严重的"空中停车"事故——飞机的一个发动机不工作了！紧急关头，杨利伟冷静操作，驾驶飞机安然返航，因此荣立三等功。

聂海胜在首次驾驶歼击机时便遇到机械故障，他多次尝试降落都失败了，在离地面四五百米处才弃机跳伞。等他清醒过来时，歼击机已扎进土里爆炸了！因为聂海胜出色的表现，他也荣获三等功。

在国家宣布选拔中国第一批航天员的计划后，他们的命运再次改变。

成为一个航天员，这是多少飞行员的梦想啊！

你一定觉得通过飞行员的选拔已经困难重重了吧？如果你听到中国第一批航天员的选拔方式，你一定会惊呼，这实在是不可能完成的任务！

一起看看首批航天员的初选条件吧：

一、年龄在25—35岁的男性，身高160—172厘米，体重55—70公斤。

二、职业为空军歼击机、强击机在飞合格飞行员，工作时间在3年以上，学历不低于大专。

三、技术方面，累计飞行时间600小时以上，飞行等级为三级以上，具有独立战斗机值班能力与经验，无等级飞行事故。机种改装能力强，善于独立思考，机动灵活，动作协调，应急情况下沉着果断，综合处置能力强。

什么？你以为满足这三条就能成为航天员了？这仅仅是个开始，严酷的考核还在后面。

首先是体格测试，虽然飞行员的身体素质也很棒，但航天员连一点点小的瑕疵都不允许！所以，如果你也想成为航天员的话，一定要从小就锻炼出强壮的身体啊！

但你以为这样就行了吗？远远不够！

离心机训练测试又是一道难关。

巨大的离心机以一百公里的时速高速旋转，参加选拔的飞行员要在铁臂尽头的圆筒里半躺着，体验相当于自身体重八倍的压力，还要敏捷地回答问题。

之后，还要进行前庭功能检查，采用转椅刺

激、秋千刺激或灌耳刺激等方法，选出前庭植物神经反应稳定性佳者。你肯定会说，不就是坐个转椅或者荡个秋千吗？我也能行。哈哈，那可不是办公室里的转椅和小公园里的秋千！而是高速旋转的转椅和秋千，别说你坐上去了，就是让你在一旁看着，你都可能立刻把刚吃进去的早饭全部吐出来！

只有通过这些考核，才能证明自己有成为航天员的潜质！

但是，这些高强度的考核对于任何一个人都是艰难的考验。随着离心机旋转，备选航天员个个紧闭双眼，豆大的汗珠流过脸庞，并立刻被甩飞出去，脖颈也慢慢地麻木了。

不过，这些身经百战的飞行员绝对不会轻易放弃。就跟我们在体育课上的长跑一样，跑到五百米我们可能就已经气喘吁吁了，甚至有了放弃的念头，但是老师会让我们坚持，因为这个时候只是身体的一个极点。也许我们双腿乏力，喘不上气，感觉整个人就像一袋沉重的水泥，但是只要我们坚持下去，我们就会发现，过不了多久，我们的体力就又回来了，而且会突然变得神清气爽。那就是我们突破了身体的极点，身体和意识更上一层楼的标志。而这些优秀的飞行员也清楚，这也是一个极点罢了。面对它，自己只有一条路，那就是打败它，让自己更上一层楼！

邓清明咬紧牙关，脑海中回想着儿时因为害怕夜路而仰望星空的画面。他心里清楚，能够击退所有困难和恐惧的，就是心中永不磨灭的梦想。那一瞬间，邓清明又立刻回到之前清醒的状态，他紧皱的眉头缓缓舒展，因为他知道自己已经熬过了那个极点。而剩下的考核，对他而言也不过如此了。

经过了一系列艰难的考核，邓清明走出了考场，对着浩瀚的星空长长地嘘出一口气。终于，离梦想越来越近了！

就这样，邓清明、杨利伟、聂海胜都成功地被选为我国第一批航天员。中国载人航天的征途才刚刚开始，接下来的日子也不会轻松，他们会努力地征服一个又一个的目标。

光荣宣誓

一九九八年一月四日这天夜里，北京上空大雪纷飞。在通往西郊的路上，大雪覆盖了整条街道，除雪车在路灯下一点儿一点儿地把积雪清到路旁。而就在这条路边，横着一块巨大的石头，上面刻着"中国航天员中心"几个大字，它们在车灯的照耀下闪着金光。

人们想象中的航天员，就是穿着高科技的航天服，飞到太空的那些人，但他们在地面上都做些什么呢？在那个时候，中国还没有自己的航天员，也没有哪个中国人到太空遨游过。也许你会问我，要是中国没有航天员，那怎么还会有一个中国航天员中心？

中国航天员中心，全称是中国航天员科研训练中心，位于北京航天城。你可能想不到，这个中心已成立四十多年，也就是说，在我国征招第一批航天员之前，我们的航天人已为载人航天梦默默准备了二十多年。

除雪车清理了路上的积雪后，一辆又一辆的小汽车从石头边上飞驰而过。有辆大巴拐进了大石头后面的园区——一个当时还没法在地图上查到的地方。

大巴的车窗经过了特殊处理，只能从里面看到外面，在外面是看不到里头的。但如果你有办法透过特殊的玻璃看到车内的样子，你会发现车里端端正正地坐着十四名乘客，他们神色坚定，表情刚毅。如果更近些看，你会发现他们眼底深藏着的热情与兴奋。

大巴上的乘客，是从全国各地挑选出来的优秀飞行员，经过三年的层层选拔，邓清明和车上的其他十三位飞行员通过了最终的考核。如今，他们中有许多人你可能都认识，比如杨利伟、费俊龙、聂海胜等。但在那个时候，没有人知道他们的名字和身份。

在过去的三年里，他们的行踪和资料都是机密。在朋友和家人眼中，他们好像失踪了，从平时生活、训练的地方突然消失了。

大巴迎着漫天的雪花，沿着宽敞平整的沥青路向园区深处开去，一盏又一盏明亮的路灯从车窗外一闪而过，灯光忽明忽暗地打在一张张坚毅的脸上。坐在第一排的邓清明看到道路的尽头有一座灯火通明的钢筋混凝土大楼正缓缓贴近自己，中国航天员科研训练中心到了。

大巴缓缓停在大楼前，我们的王牌飞行员们纷纷从车上下来，在车旁列成一队。天空还在下着雪，航天员中心的门前没有鲜花旗帜，也没有欢迎队伍。一片雪花从邓清明的眼前飘了下来，落在他的下睫毛上，化成了雪水，眼前的景象模糊了。两名军官匆匆从大楼里走出来，迎上他们，敬了一个军礼："欢迎你们，我们中国未来的第一批航天员！"

邓清明和战友们齐刷刷地向两位军官敬了一个标准的军礼。在寒冷的冬夜，邓清明看着大楼上

"中国航天员中心"几个大字，心里好像烧起了一团火。经过了最严格、最严酷的考核，他终于来到了这里，即将成为中国第一批光荣的航天员。如果你正站在他们面前，你会发现在这十四位经历过无数大风大浪、从一轮又一轮残酷考核中脱颖而出的英雄眼中，正亮晶晶地闪着一朵朵泪花。

自从人类诞生以来，我们从未停止过仰望星空。天上到底有多少颗星星？太阳和月亮是怎样轮换的？我们能不能飞到太空看一眼，地球是什么模样的？

历史上第一个通过自己的努力想要飞上太空的人，是中国古代一个叫万户的人。他从小学习火药技术，制造火箭武器，帮助明朝的开国皇帝朱元璋打赢了许多场战争。但他的内心，始终向往着星空，无论如何也想飞到天上去看一看，于是他制作了一把绑满火箭的椅子，想让火箭送他到天上去。但最后他并没有成功，而是被火药的爆炸吞没了。万户的尝试虽然失败了，但他开启的是人类试图进入宇宙的先河，他的事迹被传颂了几百年。为了纪念他，国际天文学联合会还把月球上的一座环形山命名为"万户山"。

　　而人类真正成功飞上太空，已经是数百年后的一九六一年了，苏联的航天员加加林乘坐着"东方一号"宇宙飞船第一个进入地球的外层空间，亲眼看到了宇宙的美丽景象。但作为世界航天事业的先驱，直到一九九八年，中国人仍然没有在太空留下痕迹。

　　天冷极了，在中国航天员中心，邓清明一行人来到了他们的宿舍。宿舍是单人间，邓清明没有打量这间宽敞明亮的屋子，而是站在窗前望向夜空。如果你生活在城镇里，抬头向天空望去，多半只能看到微微亮着紫色或者红色光芒的夜空，因为城镇的光污染会把星星都"遮"住。但如果你在郊外或小村落中，抬头便可以看到满天的星星，美极了。此刻的邓清明就仰望着这样的夜空，他看着这片熟悉而又陌生的星空，暗下决心，一定要刻苦训练，成为一名优秀的航天员，有朝一日能够乘坐中国的载人航天飞船进入太空执行任务，在太空中留下属于中国人的印记。不仅仅是邓清明，在这个夜晚，遨游太空的梦想和责任感在所有十四位飞行员的心中都更加坚定、明确了。

如果你来到这样一个神秘的地方，住在充满科技感的宿舍里，特别是又要在未来成为一名航天员，一定会激动得睡不着觉吧？对于我们的十四位飞行员来说，他们的心情跟你一样激动，但经过多年的训练，他们不会因为这样的激动而睡不着觉，反而会充分注意自己的睡眠情况，保持充足的精力。因为他们明白，成为航天员不仅仅是一件令人激动万分的事，更是一份很大的责任，他们肩上扛着的，是中国人的航天梦。

一九九八年一月五日到了，太阳缓缓地升上天空，下了一夜的雪把整个航天员中心变成了白皑皑的一片。这天是星期一，在你的学校里，周一一定会举行升旗仪式吧？此时此刻，邓清明和战友们也穿戴整齐，在航天员中心的操场上举行了庄严的升旗仪式。操场上还有航天中心的许多工作人员、科研人员，他们都是优秀的科技人才，在五星红旗缓缓升上天空的时候，他们的心中都有一个共同的目标：要为中国载人航天事业做出贡献。

升旗仪式过后，邓清明和战友们跟着军官来到了航天指挥控制中心里的学术大厅。这个大厅，是平日里科研专家和教授们进行演讲、讨论问题的地方，而今天，在这里等待邓清明他们的是一场庄严神圣的仪式。

学术大厅十分整洁，讲台上插满了鲜艳的五星红旗。航天员中心的领导走上讲台，向飞行员们敬了个军礼："请各位摘下你们身上的飞行员徽章。"十四位飞行员齐齐将自己衣袖上的飞行员徽章摘了下来。这十四枚跟随他们许多年的徽章连同他们解放军飞行员的身份，都在此刻被摘了下来。

一队军人捧着一个个小盒子来到了邓清明他们的面前，小盒子上放着的，是金光闪闪的"中国人民解放军航天员大队"徽章，徽章上还雕刻着一枚蓄势待发的火箭。学术大厅里，十四位飞行员——哦，不，是十四位航天员——把崭新的徽章别到了自己的衣袖上。

杨利伟、聂海胜、费俊龙、景海鹏、翟志刚、刘伯明、刘旺……这些日后登上神舟飞船，飞上太空的航天员，都在这个队伍中。

这一刻，中国人民解放军航天员大队正式成

立！当一枚枚漂亮的航天员徽章在十四位航天员衣袖上闪闪发光时，十四位航天员正式告别了战斗机飞行员的身份，从此他们的理想与事业不再是蔚蓝的天空，而是更为广阔的宇宙。对我们国家来说，这意味着我们中国终于有了自己的航天员，中国载人航天事业又朝前迈进了一大步。

十四位中国第一批航天员握紧拳头，举手宣誓："我自愿从事载人航天事业……英勇无畏，无私奉献，不怕牺牲，甘愿为祖国的载人航天事业奋斗终生！"

一九九八年一月五日的清晨，在北京西郊的中国航天员中心里，庄严肃穆的学术大厅中，三十二岁的邓清明和他的战友们正式成为中国第一批航天员，但这并不是他们航天梦的终点，而是真正的开始。迎接邓清明的，不是鲜花和掌声，而是在默默无闻中，接受日复一日的更为严酷艰难的训练。只有成为一名最优秀的航天员，才能乘坐中国制造的最精密的航天器进入深远浩瀚的太空。

就在之后的二十年里，中国的载人航天事业突飞猛进，中国成为世界上第三个有能力独立开展载人航天活动的国家，一艘又一艘神舟飞船载着我们中国的航天员、载着中国人的航天梦想飞入太空。二十年里，飞入太空对于邓清明和他的战友们而言不再是遥不可及的梦想，而是引以为豪的事业。他们中的许多人都进入了浩瀚的太空，成为被全国人民铭记的航天英雄。

严酷磨砺

　　当你深夜走在回家的路上，或者是做完作业到窗边透气的时候，你是否曾抬头看过夜空？在月亮光芒的背后，是不是有着一闪一闪的小星星？如果你抬头看不到星星，可能是天上的云层太厚了，也可能是城市夜晚的灯光掩盖了星星的光辉。

　　如果你到郊外去，坐在万里无云的夜空下，你就可以看到满天的星星，牵牛星、织女星、北斗七星……无数颗漂亮的星星在夜空中释放着它们的光辉。这时你会向往着飞到太空去，从遥远的天上俯瞰我们生活的家园。

　　事实上，从二十世纪开始，把人类送入太空，便一直是世界上各个强大国家的梦想。对于任何国家而言，载人航天工程都是一项具有重大意义的事业，它不仅仅承载着人类对于未知空间的向往，还在科学研究上具有重要意义。所以在苏联发射了载人航天飞船后，美国紧接着也投入了大量人力物力，将美国航天员送上了太空，而著名的"阿波罗计划"，还将航天员送上了月球。

而我们中国，在将"东方红一号"人造卫星成功送上太空之后，在苏联和美国陆续传出成功将航天员送上太空的消息时，也曾在一九七一年提出要开展载人航天工程，可随后又搁置了这一计划。

你可能会问，既然中国已经有能力将人造卫星送上太空，那么为什么不再接再厉推动中国的载人航天工程呢？这是因为，载人航天工程和人造卫星工程相比，要繁杂、困难许多。将一颗人造卫星送上太空，只要让火箭把卫星带到预定的飞行轨道，卫星就可以自行飞行。但是，如果要把一位航天员送上太空，就要考虑到如何保障航天员的生命安全。火箭加速度太快，容易超出人体极限，飞得太慢，又无法成功摆脱地球引力，到了太空的失重环境里，呼吸、进食甚至血液循环等在地球上看来毫不起眼的事情，都需要科学家探索和研究保障的方式，而航天员本身的选拔和培养也是一个十分复杂的过程。

将一位航天员送上太空，要耗费庞大的国家资金和科研力量，在二十世纪七十年代，我们中国正处于恢复和发展经济、建设国家的重要时期，与载人航天相比，提高全国人民的生活水平更为重要，因此中国的载人航天工程就暂时搁置了。

但在中国人的心中，航天梦想从来没有放下过。在改革开放后，我国的国力得到了大幅提高，经济水平飞速上升，国家和平安定，日渐繁荣，于是在一九九二年，中国政府重启了载人航天工程，力争在浩瀚的太空中也留下中国人的足迹。

就这样，邓清明和杨利伟等十四位卓越的飞行员被选为中国第一批航天员，与数学家、物理学家等科研人员在北京航天城会聚，共同为中国载人航天事业而奋斗。

也许在你眼中，航天员是一个神奇又幸福的职业，他们能飞上太空去历险，能感受世界上大部分人都没感受过的奇妙旅程。但你可知道，成为一名航天员，要经历多少严酷的磨砺和艰难的考验？

冬天的北京，太阳要到早上七点多钟才慢慢悠悠地升上天空。这个时候，你可能也刚起床，正吃着热腾腾的早饭，也可能还赖在床上，在妈妈一遍又一遍的催促之下从床上"艰难"地爬起来。但在中国航天员中心的操场上，十四名新晋的航天员已经完成了五公里长跑和二百个俯卧撑的晨练。即使在做战斗机飞行员的时候，邓清明也没有接受过这么严格的训练啊！但要想飞上太空，没有强健的体魄是不行的。

在航天员中心的科学知识课堂上，邓清明了解到航天员在火箭升空的过程当中，要承受火箭加速度带来的巨大压力，同时还要保持意识的清醒，自主操控飞船。而在飞上太空后，微重力的环境更会对人的身体产生巨大的影响，身体素质不好的人很难忍受住这样天旋地转的感觉，更别说在飞船中完成各种任务了。从踏入航天员中心的那一刻起，邓清明的梦想就是成为一名遨游宇宙的航天员，所以面对这样严酷的训练，他可没有半点偷懒。

从外形上看，整个中国航天员中心所有的训练馆跟普通工厂没什么两样。如果你看到这样的一座"工厂"，也只会想到里面是工人们制造小汽车，或者是铁匠们锻造零部件的地方，怎么也不可能猜到这里是中国第一批航天员进行秘密训练的地方。但通过一道密码门，走进第一间训练厅，邓清明立刻被里面的设施惊呆了——各种各样的高科技设备摆满了整个训练厅。

李庆龙和吴杰是他们的教练员，早在两年前，他们两个人就被派往俄罗斯加加林航天员训练中心进行培训，并且在一九九七年十一月顺利地拿到了国际航天员合格证书。吴杰成了一名航天员飞行乘组指令长，李庆龙成了合格的随船工程师。

这座训练馆，是专门用来训练航天员身体机能的地方。聂海胜被第一个安排在了离心机上——这是飞行员们再熟悉不过的训练器械了。在战斗机加减速或者拐弯的过程中，由于惯性，飞行员的身体会受到挤压，就好像你骑着自行车刹车时会感受到自己的身体不由自主地向前倾。一般在战斗机飞行过程中，会产生相当于人体自身重量五到六倍的压力（也就是"5—6G"）。在紧急制动的时候，最多会达到9G的压力。而我们普通人一般只能承受2—3G的压力，因而，在飞行员的培训中，就要通过离心机训练，提高飞行员承受压力的能力。

而在火箭升空的时候，由于需要达到较高的加速度，就会对人体产生很大的压力。航天员普遍需要长时间地承受8G的压力，这几乎达到人体能够承受的极限。

在升空的过程中，火箭会剧烈地摇晃，尽管承载航天员升空的专用座椅会进行减震处理，但航天员依然要承受极为强烈的震动。平时我们骑着减震效果比较差的自行车经过坑坑洼洼的路面都会觉得十分颠簸，而航天员在火箭升空时要承受的震动强度可能是这种强度的几十倍甚至上百倍，航天员身上的每一处肌肉、每一块骨头都会跟着颤动，仿佛无时无刻不在被人用力击打。

要避免航天员在升空过程中因为震动而受到伤害，专门训练航天员抗震能力的震动训练台便被设

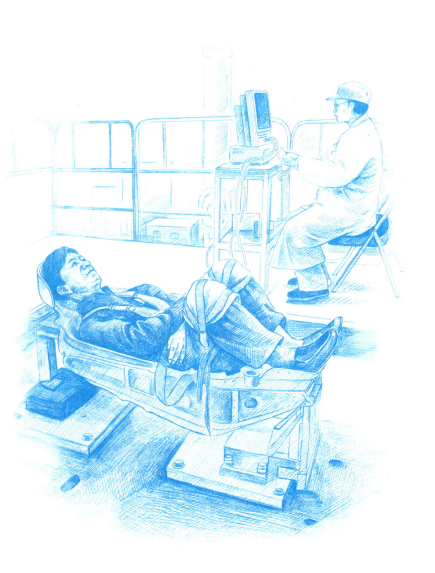

计了出来。第一个被安排上震动训练台的，是监测数据中抗震能力较好的费俊龙。但在训练中，费俊龙从躺上训练台到结束训练，都像是经历了骨骼散架、骨肉分离的过程。

除了要应对火箭升空时的危险，还要确保航天员在太空中生理机能的正常运行。在地球上，人在站立时，由于重力的影响，我们身体下部的血液更多一些，身体下部的血管会承受更大的血液压力，久而久之，身体下部的血管就会变得更加坚韧，而身体上部的血管就会比较脆弱，这就是为什么我们在倒立的时候会明显感觉头脑发涨，十分难受。

但是在几乎没有重力的太空里，血液不受重力的影响，均匀地分布在身体上下部的血管里。这个时候，血液就会对原本比较脆弱的血管造成危害，时间长了很可能危及航天员的健康甚至生命。因此，航天员们就要接受血液重新分配的训练，躺在一张可以三百六十度旋转的床上，以倒立、倾斜等各种各样的方式看书、睡觉。这样训练一次下来，身体素质再好的航天员也会感到头昏脑涨。

而在航天飞船返回舱返回地球的过程中，还可能发生轨道失控，掉进不在预定降落地点的无人区。这个时候，就需要我们的航天员掌握野外生存的技能。他们要到沙漠、热带雨林、雪山等各种无人区露营，在补给有限、环境恶劣的情况下学会如何生存下去。

作为一名优秀的飞行员，杨利伟也曾经历过严格的野外生存训练，以应对跳伞逃生的状况，但航天飞船返回舱和逃生装置的空间更加有限，难以像飞行服和弹射座椅一样储备物资，所以航天员们必须经历比作为飞行员时更为艰苦的野外生存训练。

杨利伟和聂海胜曾被投放到沙漠，身边只有一个降落伞，面对炎炎烈日下的一片黄沙，该怎么生存下去？

爱动脑筋的航天员就像是魔术师，能把手边的一切东西变成自己最需要的装备。两个人一起动手，把降落伞割开，再进行组合与安装，竟然做出了一个结实的帐篷。酷热的阳光被挡在外面，航天员们暂时有了沙漠中的小窝。

到了夜晚，烈日沉入沙海，温度下降得很快，你可能为航天员们感到庆幸，终于凉快下来了！可是你肯定没有想到，沙漠的气温会降到-4℃。寒风凛冽，单薄的降落伞帐篷根本抵挡不了外面的寒气，现在航天员们需要的，是一个温暖的堡垒。

杨利伟看着身边有限的材料，又有了新主意。用破碎的伞布包上沙子，正好可以做成一块块"砖"，这些"砖"又可以垒成墙，变成一座能防风取暖的小小"砖房"。

在这"砖房"里面可就暖和多了，外面温度只有零下几摄氏度，而"砖房"里有十几摄氏度。在沙漠的寒夜中，这可以算得上温暖如春了！

两名航天员开始享用他们温馨的晚餐了。当然，野外生存训练不会给他们准备烤羊排这样的大餐，他们只有凉水和饼干，而且还是限量的。但在寂静无人的沙漠，身处自己亲手搭建的小屋，眺望浩瀚无边、群星璀璨的夜空，凉水和饼干似乎也有了不一样的味道。

第二天清晨，一轮红日从荒漠中缓缓升起，杨利伟和聂海胜知道，他们已经用智慧和毅力战胜了寒夜。

下面的任务就是返回了。杨利伟看着鲜艳的橙色小帐篷，又有了一个绝妙的主意。他和聂海胜撕开橙色布料包在头上，像戴了两顶很有风格的帽子。这样有趣的打扮其实很有深意，橙色很耀眼，来接他们的直升机很容易发现他们，而且这样的帽子又非常实用，能防风防沙。两名航天员戴上护目镜，互相看了看，忍不住大笑起来。时尚的帽子、酷炫的护目镜，他们简直就是潇洒的野外探险家！

航天员就是用这种苦中作乐的精神，勇敢而坚定地面对所有的困难与挑战。

在野外生存训练中，航天员有时要面对的是一整片原始森林。

雨林里闷热潮湿，茂密的树林几乎把阳光完全遮挡了。

航天员深一脚浅一脚地行走在泥泞的土地上。

在雨林里，一般树木长得比较茂密的方向是南，苔藓植物长得多的方向则是北。仔细观察草木的生长，辨明方向后不断朝着同一个方向走去，只要不绕圈子，总能走出雨林。

夜晚是最考验生存技能的时候。航天员要细心地观察身边的植物，搜集可食用的菌类和植物根茎，还要找来相对干燥的树枝、树叶，用小刀削成碎屑，用打火棒点燃，再用水壶装一壶清水，这样就能做一碗简单的蘑菇汤了。

雨林的夜晚是极其危险的，有野生动物出没，但也有求生的线索。夜空是黑漆漆的一片，但如果附近有人活动，车灯或者电灯就会照亮附近的夜空。只要朝着发亮的方向走，就一定能找到光源，找到人家。

除了这些，陆续迎接航天员的，还有雪原和海洋等各种极端环境。

除了肉体上的磨砺，航天员也必须接受严酷的心理训练。在航天任务中，有时只有一位航天员独自飞入太空。一个人在广阔无垠、孤立无援的宇宙中生活几天甚至更长的时间，会产生极大的心理压力。航天员必须学习如何应对这样的压力。他们时常被单独关在密闭的房间里，依靠一些压缩食品生活很长很长的时间。

除此之外，航天员还要接受低压训练、秋千训练、冲击塔训练和攀岩、游泳、长跑等各种专业和非专业的训练，加起来一共有一百四十多项，这些训练都有一个共同的特点：痛苦。想要乘坐火箭摆脱地心引力、遨游太空可不是随随便便就行的。要想成为一名合格的航天员，就必须在这些令人崩溃的训练中不断地磨炼自己，突破极限。

而这远远不够，航天员们还要学习航天医学、地理气象学、高等数学、自动控制等基础理论课程。只有最优秀的航天员才能获得飞入太空的资格，所以，大家都在这样的严酷磨砺中咬紧牙关，一心向前，只为了有一天能够置身于浩瀚的太空。

在五年后的一个傍晚，十四名航天员再次在学术中心讲台下庄严肃立，他们正等待领导宣布一个注定将载入中国载人航天事业史册的结果。在经过五年的训练后，他们中成绩最优异的一位，将执行中国第一次载人航天任务，乘坐我国自主研发的载人航天飞船，成为第一位飞上太空的中国人。

　　而这次会议宣布的人选你也一定知道了，他便是家喻户晓的中国航天英雄——杨利伟。

"神五" 升空

秋天的夜，北京郊区寒意渐浓。万物笼罩在漆黑的夜幕下，享受着恬静的睡眠。而此时的北京航天城，却依旧灯火辉煌，工作人员正为"神舟五号"的跟踪、控制做着积极的准备。

在酒泉卫星发射中心，杨利伟早早地穿好制服，站在窗前看着幽暗的天空。他心里是多么激动啊，因为今天，就是自己实现梦想，踏入太空的日子！但他努力压抑住自己内心的喜悦，深深地呼吸，好让自己能够冷静地处理一切。

此刻与杨利伟心情一样的，还有发射场内的每一位研发和后勤人员，他们都在冷静地工作着。

研发人员们虽然内心激动无比，然而他们早已习惯克制住自己激动的心情，用冷静的态度来确保每一次的行动都精准无误。

而此刻我们的主角杨利伟也和他们一样，尽全力让自己冷静下来。杨利伟在护送员的陪同下，进入了玻璃厅。航天员在登舱前，已做过各种消毒处理。为了防止感染，航天员不可以与外界有太多的接触，因而圆形的会见厅被弧形的玻璃墙隔成两部分，玻璃墙两侧的人互相能看见。会见厅玻璃墙上方的"中国首次载人航天飞行任务航天员出征仪式"十九个大字在灯光的照耀下熠熠生辉。

此时杨利伟心潮澎湃，因为再过几个小时，我们祖国的第一次太空之行就要开始了。他相信祖国，相信航天项目中每一个辛勤劳动的研发人员。

此时，看到航天员身穿我国自主研制生产的航天服出现在玻璃厅内，等候在大厅里的任务指挥部领导、发射指挥部领导以及部分贵宾，都报以热烈的掌声。而杨利伟左手拎着便携式通风装置，右手不断挥动向大家致意，他坚定而刚毅的神色鼓舞着在场所有人。很快，在胡锦涛总书记的祝福和鼓励下，掌声充斥了整个会见厅，所有人的心都被带动了起来，他们满怀激动和兴奋。

航天员内心充满坚定的信念，时刻准备完成下一步任务。很快，伟大的"神舟五号"就要启航了！

戈壁滩的夜晚有些凉，一望无际的荒漠上，酒泉卫星发射中心却洋溢着热情，因为在场的每一个航天人都热血沸腾。在早已等候多时的欢送队伍的致敬下，航天员缓缓走向前。

"总指挥同志：我奉命执行首次载人飞船飞行任务，准备完毕，待命出征，请指示。中国人民解放军航天员大队航天员杨利伟。"

洪亮的报告声打破了戈壁的寂静，杨利伟的决心像利剑一般斩破了戈壁的荒凉。

"出发！"首次载人航天飞行任务总指挥李继耐下达了出征的命令。

杨利伟登上特1号车，转身又向在场的所有人致意。车子启动了，在场所有人也目送着他离开。此时大家的心紧紧地连在了一起，为了同一个伟大的中国梦，为了载人航天事业的成功。

在路上，杨利伟不断回忆起过去，想起自己曾经带领着兄弟姐妹爬火车，还有不好好上课跑出去玩的经历。有谁能够预测到，这个调皮好动的孩子能够凭借优异的成绩进入空军部队呢？

记得那个时候，爸爸妈妈想让自己参加高考，以考入好的大学为目标，因此不愿让自己去参军。自己那时候是多么失落啊！

杨利伟想着想着，忍不住笑了出来。

望着广阔无垠的戈壁滩，他又回忆起自己刚到航天城成为航天员的时候。当时自己是那么笨拙，没有一个任务能完美地完成，但是在战友和教练员的陪伴和训练下，此时的自己竟站上了这么重要的舞台。

他是多么激动啊！这么多年的梦想，终于要实现了！

车队很快停在了"神舟五号"的脚下，航天员将从此处进入"神舟五号"，开始他的太空征途。

站在电梯前，所有人都再次向航天员表达祝福。"明天再见！"杨利伟自信地向战友和所有送行的人挥手致意。

而天空也渐渐泛白，一定是想与我们一同见证这个伟大的时刻。

距点火三十分钟的口令下达后，飞船进入倒计时，发射场内所有的专家和测试人员都紧张地等待火箭发射的那一刻。

"10，9，8，7，6，5，4，3，2，1，点火！"

在倒计时声中，火箭发射平台被火焰和烟雾包围，朱红的火焰周围，浓浓的水蒸气顺着双向导流槽喷出。火箭被缓缓托起，看上去是那么缓慢，但却那么令人放心，就如同整个航天项目，一步一个脚印地往前走。几秒钟后，巨大的轰鸣声响彻戈壁滩，似乎在告诉这世间的万物，我们中国人终于能进入无垠的太空了！中华儿女的梦想终于要实现了！

整个发射中心的工作人员既紧张又兴奋，因为他们十几年来的付出终于结出了果实。

在巨大的屏幕上，所有人都关注着航天员是否平安。而此时双眼紧闭、一动不动的杨利伟让所有人的心都悬了起来，他是否有什么突发问题出现？

你可千万不要认为坐火箭和坐飞机一样简单！

在刚刚起飞的时候，杨利伟整个人的状态都如同一个铁块，肌肉十分紧张。然而接下来，他有新的任务要做，所以杨利伟聚精会神地盯着仪表盘，手里握着操作盒。这只是开始，如往常的训练一般简单，但是后面的可就够受的了！

火箭逐渐加速，杨利伟觉得整个身体被压力所挤压，而在火箭上升到三四十公里的高度时，火箭开始颤动并产生了共振！人体对10赫兹以下的低频振动非常敏感，它会让人的内脏产生共振，而且这个新的振动叠加在大约6G的压力上，变得十分可怕。

共振是以曲线形式变化的，杨利伟痛苦的感觉越来越强烈，五脏六腑似乎都要被挤碎了，然而他只能咬紧牙关，一秒一秒地数着，扛过这种痛苦的过程。

"1，2，3……"杨利伟似乎要将自己的牙齿咬碎一般，脑海中不断闪现儿时的回忆：自己带着小伙伴在葫芦岛爬火车，学电影里的八路军打仗，违背父母的意愿参军……每一幕都如同走马灯一般在杨利伟的脑海里闪现。

"20，21，22，23，24，25，26！"

在数到26的时候，杨利伟觉得自己就要牺牲了，然而这时，突然一切都平静了下来。他感受到了前所未有的舒适和放松，一切都沉静了下来。他黑漆漆的眼前缓缓亮起白色的光芒。杨利伟大口喘着气，终于熬过来了。而此时整流罩打开，外面的光线透过舷窗一下子照了进来。阳光很刺眼，杨利伟忍不住眨了一下眼睛。就这一下，指挥大厅有人大声喊道："快看啊，他眨眼啦，利伟还活着！"所有人都鼓掌欢呼起来。

所有人这一刻都兴奋不已，因为地面指挥部的人都以为杨利伟这次凶多吉少，然而一切坏事都没有发生，"神舟五号"和杨利伟都坚强地挺过了考验。

火箭继续升空，杨利伟忽然觉得身体被提了起来，他明白，终于到达微重力环境了。而此时，飞船内部也出现了许多奇异的景观：所有的灰尘都忽地浮起来了，而其他物品也都渴望向上浮起，可惜被固定带牢牢地固定住了。但是有些绳子却缓缓地立了起来，就如同水草一般缓缓起舞，与扬尘组成一支优雅的舞蹈。

杨利伟沉浸在这美妙的环境中。他的内心是如此快乐，因为他成功地进入了太空，成为中国进入太空的第一人！那种自豪的感情，立刻充满了杨利伟的内心。

而太空生活，更是妙趣横生。你是否曾模仿过航天员吃流食，把牙膏挤光，再费劲地把食物塞入牙膏管内，最后小心翼翼地把它们吃完？虽然有牙膏的味道，但内心是那么快乐。不过我们的航天员可没有那么凄惨，每一个航天员都能按照自己的喜好携带不同风味的食物。就比如，杨利伟最爱的食物是水煮鱼，所以他就带了一些辣的食物。与此同时，他还带上了特制的小月饼。为了能够让航天员一口吃掉，每一个月饼都比嘴小。航天员将月饼摆在空中排好队，然后一口一口地把所有飘浮的月饼都吃掉。

你能猜到航天员最喜欢的食物是什么吗？哈哈，你一定猜不到，竟然是最普通的榨菜！

除了吃饭外，其他生活方式也都会发生变化，比如刷牙洗脸，甚至上厕所都会十分困难，但这一

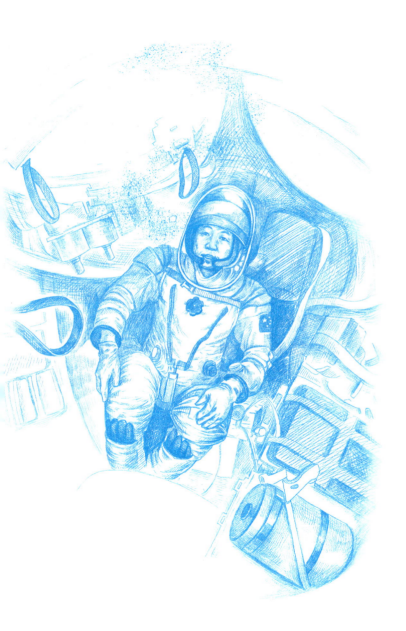

切都被我们聪明的后勤人员搞定了。比如我们的航天员刷牙，可以直接咀嚼一块消毒口香糖，不过需要咀嚼五分钟左右，口香糖的味道非常棒。而洗脸更加简单，他们拥有一个洗脸包，只要打开它就能直接洗脸啦，它的原理就是一块毛巾附带着很多消毒水，只要好好地擦自己的脸就能保持卫生。

航天员在执行航天任务的时候都要时刻保持卫生，那我们是不是也应该好好地刷牙洗脸呢？不然等你在乘坐火箭飞上太空的时候，可就没机会再用水刷牙洗脸啦。

除了这些活动外，最有趣的就是在太空中睡觉了。你有没有幻想过在空中睡觉呢？没有床和任何依靠，就是飘浮在空中。你一定会觉得，那肯定没法睡觉啊，可事实上，我们是可以在空中睡觉的，不仅如此，我们还可以倒立着睡觉，是不是非常好玩？但是要注意的是，每一次睡觉的时候都要把双手束在胸前，以免无意中碰到仪器设备的开关。在失重状态下，人睡着了偶尔会产生头和四肢、躯体分离的感觉。有资料说，国外曾有航天员在睡眼蒙眬时，把自己的手臂当成向自己飘来的怪物，吓出一身冷汗。所以我们在睡觉的时候，也要学会睡得规规矩矩，为将来成为优秀的航天员打好基础。

虽然程序设定中，杨利伟有六个小时的睡眠时间，但他却只睡了半个小时，因为他在太空中的每一秒钟都是那么珍贵。

突然，一道闪光吓到了正在进行科学研究的杨利伟，这可是从未遇到过的情况，难道是外星人吗？杨利伟立刻飘到窗边，观察外面，可是外面跟什么都没发生过一样。会不会是飞船上的器械出现了问题？杨利伟立刻回到仪表盘处检查设备，可也显示一切正常啊！这可不能掉以轻心，因为就算是一颗螺丝钉出现问题，都会酿成大错，杨利伟只好不断地检查飞船设备，可没有任何问题！杨利伟疑惑地再次飘向窗边，在脑海中不断搜寻可能是哪里出了问题。忽然，闪光再次出现，杨利伟的目光追寻着闪光的位置，他发现，原来是地球的闪电啊！此时，蔚蓝的地球被灰色的乌云覆盖，乌云上方则是闪着白光的丝状闪电。杨利伟松了一口气，随后开始欣赏地球的美妙景色。

但随后，一阵奇怪的咚咚咚的声音从飞船门外传来，这可让杨利伟的心又一下子提到了嗓子眼。这儿是太空，能有谁敲"神舟五号"飞船的舱门呢？难道，真的有可能是外星人？

杨利伟小心翼翼地飘向飞船舱门旁，思索是否应该打开门。可此时，声音竟然突然消失了！这让杨利伟极为疑惑，随意打开舱门不安全，杨利伟又飘回仪表盘处检查。忽然，声音再次响起，并且是在他头顶的位置。杨利伟冷汗直流，这到底是什么声音？可突然，声音竟然又消失了！

杨利伟缓缓靠近窗边，想要揪出这个捣乱的坏家伙。而此时，声音竟然又出现在窗边！这可正合杨利伟的意呀。杨利伟缓缓靠近，而咚咚咚的声音这次没有消失。杨利伟猛地冲向窗口，想要看清楚到底是谁，但他发现，窗外竟然什么都没有！

这到底是怎么一回事呢？

而科研时间极其宝贵，杨利伟决定安心完成科研任务。因为就算是外星人，他相信对方也一定没有恶意。

回到地球的杨利伟立刻向航天技术人员汇报了这件事。在一系列的调查和实验下，技术人员也无法确定到底发生了什么。也许这只是舱体内壁材料在舱内压力变化时，发生微小变形所产生的声音，但也有可能，这真的是我们的外星朋友，在与杨利伟打招呼开玩笑呢！

二〇〇三年十月十五日，"神舟五号"载人飞船在酒泉卫星发射中心顺利发射成功。第二天，"神舟五号"载人飞船成功返回地球，虽然只是短短的一天，却是我们中华民族千百年来的飞天梦想实现的日子。

擦肩而过

我们身处的这个时代，正是中国载人航天事业开启辉煌篇章的时代。

"神舟五号"一跃而起，航天员杨利伟带着中华民族千百年来的愿望梦圆九天。中国人用自己的眼睛看到了太空中的地球，搭乘自己制造的火箭和航天飞船在太空留下了我们的足迹。

这是一项对于全中国、全人类都具有重大意义的成就，人数占全人类五分之一的中华民族终于有了走进太空的能力，从此以后，中国人进入太空的步伐只会越来越快，中国人的身影将越来越多地出现在太空中。对于第一批航天员来说，这更是一件令人欣喜若狂的大事，杨利伟的成功，检验了他们这十四名航天员的训练成果，从今往后，作为中国最早的航天员，他们中的更多人将会有机会进入太空，完成一位航天员最终的目标和使命。

在"神舟五号"升空之后，随着载人航天事业的发展，越来越多的科学家、实验人员进驻航天城，许多更专业、更先进的设备仪器也被搬运进来，航天城里日渐热闹。许多充满现代科技气息的建筑物也陆续建了起来，北京航天城作为中国载人航天事业中心，规模越来越大了。

但在这座日新月异的航天城里，始终有一片区域是用严密的围墙和铁丝网封闭起来的，那便是航天员们生活训练的地方——中国航天员训练中心。在日新月异的变化中，邓清明和战友们依然坚持进行着十几年如一日的训练。要说变化，那便是训练的方法更加科学多样了，训练的仪器更加先进了。

"清明，听说了吗？杨利伟暂时不归队了。"训练馆里，大型离心机对于队员们来说早就不在话下了，刚从离心机上下来的陈全和邓清明聊了起来。

"真的吗？那小子现在可是大英雄了。"邓清明的眼中流露出了一丝向往，"他成了中国第一个进入太空的人，真好啊。"

"哈哈，别松懈呀，咱们也可以的。你的训练成绩一直都很好，下一次的飞行任务一定会轮到你的。"作为好朋友，陈全当然知道邓清明是多么渴望能够飞上太空。

"对呀，我也要坚持不懈地努力，只要提高训练成绩，我也能得到成为执行航天员并飞入太空的机会。"邓清明暗下决心，一定要好好训练。

杨利伟回到地球后，脱离了航天员队列，配合科学家们整理和总结他在航天任务中的体悟和收获。在新一批航天员选拔出来之前，剩下的十三名航天员就是中国能够执行载人航天任务的全部航天员，他们必须保持最佳状态，时刻做好飞向太空的准备。但你可不要以为，他们每个人都能够得到飞上太空的机会。

由于任务密度和需求受到限制，我国不可能连续多次地进行载人航天器发射，每次的载人航天任务也都不会同时送上太多的航天员，只有成绩最优秀的航天员能够飞上太空，成为真正的航天英雄。

几个月后，我们的航天英雄，第一批中国人民解放军航天员大队队员之一的杨利伟再次回到了北京航天城的中国航天员中心。但此时的他已经从一名普通的队员，成了指导专家。在返回舱返回地球的过程中，由于突发的强烈共振，杨利伟的身体受到了一定的损伤，使得他难以再次承担航天任务。但作为中国第一位进入太空的航天员，从发射到降落，杨利伟在中国第一次载人航天飞行任务中收获的经验和教训，其价值是不可估量的。在中国航天员中心，我们已经有了先进的训练仪器，有了成套的理论体系，但始终没有一位真正经历过航天飞行的导师进行教学，即使有的航天员曾接受过具有航天飞行经验的国外航天员的教导，也总会因为语言差异，无法确实详尽地了解航天旅程中的经验。

如今，航天员中心迎来了杨利伟——昔日的战友，航天员们终于有了一位能够结合中国自己的航天器为大家讲述飞行经验的老队员。

邓清明经常与杨利伟交流，每当邓清明谈到航天飞行，眼里似乎都闪烁着光芒，杨利伟知道，邓清明是多么渴望能够飞上太空，体会一次在宇宙中遨游的感觉。

随着载人航天工程的推进，在激烈的竞争中，二〇〇五年十月十二日，又有两位航天员搭乘新一代载人飞船"神舟六号"飞上了太空，在太空中飞行了一百一十五小时三十分钟。

这是中国首次多人多天的飞行任务，在这次的飞行任务中，从航天员大队脱颖而出被选为执行航天员的并没有邓清明。他的老朋友费俊龙和聂海胜以全队最好的训练成绩胜出，圆满地完成了这次任务，为中国载人航天技术的进一步发展留下了宝贵的经验。

对于航天员大队的队员们来说，在光荣的任务面前，是没有人懈怠的。邓清明在努力，他的队友、好朋友们也在努力。

"加油，我的成绩并不差，这次让这俩小子抢到机会了，下次我一定能成为全队第一，也获得执行任务的机会。"面对着好朋友的成功，邓清明暗下决心，更加努力地投入训练。

但暗下决心的可不止邓清明一个人，在"神舟七号"的任务下达后，大家被告知这次的任务要选拔三名"主份"航天员和三名"备份"航天员，也就是执行航天员和候补航天员。所有人都铆足了劲训练，希望能够成为参加这次航天任务的航天员。

二〇〇八年九月二十五日，翟志刚、刘伯明、景海鹏搭乘"神舟七号"载人飞船升空。在飞船缓缓飞向太空的时候，发射基地有另外三名身穿航空服站在地面上仰望火箭的航天员，他们是这次发射任务的预备梯队。在飞船升空之前，他们被选拔出来，和升空的三位航天员接受一模一样的训练，直到"神舟七号"飞船发射前夕，根据他们的训练成绩排名，最优秀的翟志刚、刘伯明和景海鹏获得了飞上太空的机会，而另外三名航天员则成了候补队员。在距离地球三百四十三千米的高空中，翟志刚穿着航天服，拉开了"神舟七号"飞船的舱门，进入太空，完成了中国航天员的第一次太空行走任务。

你可能以为，候补的航天员一定比正式的航天员差劲许多。但事实上，执行航天员和候补航天员训练成绩的差距常常就在零点几分之间，有可能是因为在离心机停下的时候心跳快了一些，在量体重时胖了几百克，就会成为候补航天员，失去作为第一梯队成员飞上太空的机会。

邓清明的好友陈全就作为指令长的"备份"，站在大地上仰望着冲上云霄的"神舟七号"飞船。虽然每位航天员在执行任务的几周前开始，就会被严格监控生活，严格保持身体和精神状态，但为了做到百分百保证任务顺利进行，每一次的发射任务都会为执行航天员配备候补航天员。如果临近发射时执行航天员发生意外情况，难以承担任务，就要由候补航天员代替他升空，完成任务。只有在这种极端的情况下，陈全才有可能获得飞上太空的机会，但在陈全的心里，他默默祈祷着飞行任务的成功。虽然他与神舟飞船失之交臂，但飞船承载的不只是他的梦想，更是全国人民的骄傲；搭乘飞船的也不是别人，而是与自己共同努力拼搏的好战友。

对于邓清明来说，他的心里更是五味杂陈。在"神五""神六"航天员的选拔中，他都是以细微的差距落选，没有能够成为执行任务的航天员。而这次"神舟七号"的任务，依然没有他的份儿，邓清明感到十分难过。明明自己这么努力地训练，为什么训练成绩竟然不进反退呢？

但在邓清明的心中，一直有一个清晰的声音在劝告自己：不要气馁，坚持下去，为了我心中的梦想努力，我一定能够成为一名执行飞天任务的优秀的航天员！

在"神舟六号"和"神舟七号"接连发射成功后，中国航天事业迎来了更快的发展。很快，在二〇一〇年，第二批航天员来到了航天城训练中心，为中国的航天员储备注入了新鲜血液。

而对于第一批航天员而言，他们从一九九八年入队至今，已经经过了十余年的艰苦训练，但他们中的许多人，仍然没有能够飞上太空，一睹群星闪烁的宇宙美景，邓清明就是其中一员。

从小就对航天抱有极大兴趣，也展现出惊人才华的邓清明，在加入空军后，几乎一直都是最优秀的，得到了数不胜数的嘉奖。但在加入第一批航天员序列后，面对同样是从全国范围内万里挑一的战友，他的训练成绩总是无法达到领先的位置。

这就好像你在小学的时候一直是成绩最好的，但到初中时班上有了许多成绩很好的新同学，你一下子就不是全班成绩最好的同学了。

面对这样的情况，邓清明没有因为队友的优秀而气馁，而是以更高的激情投入了训练。"神舟五号"的备选航天员没有他，他就接着训练；"神舟六号"的备选航天员没有他，他就更认真地训练。直到"神舟七号"飞行任务选拔航天员时，他依然没有能够从航天员队列中脱颖而出。但同样不懈坚持着的好友陈全已经成了备选航天员之一，虽然最后没能成功飞上太空，但让邓清明再一次看到了努力训练的重要性。

终于，努力付出有了收获。在"神舟九号"备选航天员的选拔中，十几年如一日坚持着训练的邓清明成绩优异，被选中了。邓清明暂时脱离了大队的日常训练，与其他五名备选航天员接受了长达几个月的针对性训练，详细了解了本次任务的具体要求，无数遍演练了这次飞行任务的过程。邓清明有信心，这一次的飞行任务，自己一定能够成为执行航天员，实现自己心中飞向宇宙的理想。

内蒙古的夏天随着一阵阵暴雨渐渐到来了，东风航天城四处弥漫着夏天特有的闷热气息。在二〇一二年临近暑假的时候，"神舟九号"发射前夕，邓清明和其他几位备选航天员站在训练场上等待着宣布结果。领导拿着经过专家们谨慎分析得出的报告宣布："神舟九号"飞船的飞行任务，由航天员景海鹏、刘旺、刘洋三人执行。

邓清明以极小的分差没能成为"神舟九号"飞行任务的执行航天员，而完成培训的年轻的第二批航天员中已经有两位成了"神舟九号"飞行任务的执行航天员。

年龄成为邓清明实现航天梦想的阻碍。作为邓清明的好友，陈全向邓清明吐露了心声："清明，我们也都不年轻了。我觉得我练不动了，再过几年，人老了，就更没法达到合格成绩了。"但邓清明不这么认为，这一次，他仅仅差了零点几分。只要他继续努力，再进一步，他一定能够成为执行航天员。

很快，又一次航天任务到来了，"神舟十号"载人飞船开始了备选航天员的考核。在训练时没有丝毫松懈的邓清明从第一批、第二批航天员中脱颖而出，成为备选航天员，学习"神舟十号"任务的知识，锻炼任务需要的能力。邓清明有预感，这次，他会成为"神舟十号"载人飞船的执行航天员。

二〇一三年六月，酒泉发射中心又迎来了闷热的夏天。邓清明再一次和另外的五位备选航天员肃立在训练场上，再一次等待着宣布名单的时刻。这一天气温很高，几位航天员站在太阳下，晶莹的汗水不断从他们的脸颊、下巴滑落。作为一名合格航天员的邓清明就算心理能力很强大，也无法抑制住他的激动之情。

从一九九八年加入中国人民解放军航天员大队到现在，邓清明已经成了拥有十五年训练经验的航天员，成了一名丈夫和一个女孩的父亲。四十七岁的他已经不年轻了，但他心中的那个航天梦依然如他少年时那样清晰又明亮。况且，又能有几个曾经向往成为一名航天员的人能像他这样接近自己的梦想呢？

终于，领导带着专家团队全面、细致的分析报告走到了邓清明和他的战友们的面前，缓缓宣布：执行"神舟十号"飞行任务的执行航天员是聂海胜、张晓光、王亚平。

从"神舟五号"拉开中国载人航天的序幕，到"神舟九号""神舟十号"的升空，邓清明一次又一次地与飞上太空的机会擦肩而过。在酒泉卫星发射中心的夏夜，望着天空中冉冉上升的"神舟十号"载人飞船，身穿厚重航天服的邓清明悄悄掉了眼泪。

巾帼英雄

　　在中国航天员这支队伍中，不断有新生力量加入。在我国航天事业的快速发展中，女航天员逐渐成了其中重要的组成部分。

　　"长征二号"火箭的尾焰缓缓拖过酒泉卫星发射中心的夜空，将"神舟十号"飞船送向太空。近两千公里外的北京航天城操场上，有一个英姿飒爽的身影正仰望着星空。"好姐妹，我们做到了，我们都做到了！"女航天员刘洋的嘴角露出了浓浓的笑意。

　　古往今来，向往宇宙星空的人有很多很多。从杨利伟搭乘"神舟五号"飞船进入太空开始，中国步入了载人航天时代。但从"神舟五号"到"神舟七号"，所有的载人航天任务都由男性航天员完成，在第一批航天员中也没有女航天员，但向往星空的梦想，并不只属于男生。

刘洋小的时候，生活在郑州城区的一栋小居民楼里。跟别的女孩不同，刘洋从小一点儿都不怕一个人睡觉，更不会因为害怕而把窗帘和被子拉得严严实实的。小时候的刘洋，睡觉时一定要把窗帘拉开，看着窗外夜空里闪闪发光的星星，幻想着那些遥远的星球上正发生着什么。在没有重力的太空里睡觉是什么感觉呢？宇宙中有没有其他的生命呢？在刘洋的眼里，宇宙充满了神秘的趣味，挂满星星的夜空美丽而宁静，她总是在这样的好奇和安宁中不知不觉进入梦乡。

刘洋一天天地长大，随着年龄的增长，她并没有放下自己曾经天真单纯的向往，相反，刘洋越发将飞上天空甚至太空当作自己奋斗的目标。在其他小女生看着公主童话的时候，刘洋更喜欢看漫游星际的科幻故事；而到了高中，大家都捧着物理书死记硬背的时候，刘洋已经开始自学空气动力学了。终于，在刘洋的刻苦努力下，十九岁那年，她考上了空军长春飞行学院。也就是在这年，解放军开展了选拔第一批航天员的项目，还在学校读书的刘洋听说了这件事，便直接跑到校领导的办公室，想要报名参加选拔。

"刘洋啊，这次的选拔，是从最优秀的战斗机飞行员里挑选航天人才，对身体素质、专业水平都有极其严苛的考察，况且，领导的要求是从优秀飞行员中挑选，暂时不考虑女同学。你还是先脚踏实地地学好专业知识吧。"面对办公桌前热切期盼的刘洋，学校领导语重心长地跟刘洋说道，他感到刘洋未免有点天真。

初入飞行学院的刘洋就像被浇了一盆冷水。凭什么不考虑女同学？刘洋心里愤愤不平，但在领导面前，这句话终究没有讲出来。那可是有机会搭乘航天飞船进入太空看一眼宇宙星辰的航天员啊，在刘洋的心里，她依然像儿时那个透过窗子仰望星空的自己，从来没有放下对宇宙的向往。

但刘洋也知道，就算开放对女航天员的选拔，自己的身体素质和专业能力也远远不足以达到合格线，况且，自己作为飞行学院的一名学生，要想进入太空，就必须先学会翱翔于天空。当年以超过合格线三十分的成绩进入长春飞行学院的刘洋从来不缺乏刻苦努力的精神，她在学校里日复一日地训练，提高身体素质，全身心投入飞行专业知识的学习。

刘洋很快就成了一名优秀的空军飞行员，驾驶着飞机翱翔在天际。得益于自己的刻苦努力，刘洋在中队里一直都是女飞行员中的佼佼者，大家都十分崇拜刘洋。但每一次，看着"神舟五号""神舟六号"飞船搭载着一批又一批男航天员进入太空，刘洋都会心生羡慕："要是能够面向女飞行员招收航天员，我一定也有机会乘上宇宙飞船。"

事实上，由于男性和女性的生理结构的差别，科学家们需要积累更多的经验，收集更多的科研数据，才能够研究出保障女性航天员飞行安全的航天设备。因而，在解放军招收第一批航天员的计划中，没有考虑招收女航天员。但"神舟五号""神舟六号"的陆续升空，提供了大量的载人航天实践数据，科研专家们也逐步研究出了针对女航天员的保障措施。同时，经过严谨的论证，科学家们还证实了女性在面临紧急情况时，比男性更沉稳、更细心的科学事实。因而，在二〇一〇年，解放军开展了第二轮航天员选拔，首次面向女飞行员进行选拔。

终于，经过了层层严酷的选拔，七位飞行员从全国的候选人中脱颖而出，成了中国第二批航天员。其中，就包括两位中国第一批女性航天员刘洋和王亚平。

在二〇一〇年的春天，刘洋搭乘着一辆大巴来到了北京航天城的指挥中心大楼，接待她和王亚平等人的，是航天城的第一批航天员之一——我们熟悉的邓清明。

"老同志，谢谢啦！"相较于寡言少语的邓清明，刘洋是一个热情活泼的人。在邓清明为刘洋和王亚平简单介绍了航天城，并把她们带到宿舍区后，刘洋对邓清明报以一个微笑表示感谢。

"不客气。"邓清明摸了摸下巴，心里嘀咕道：老同志？我已经这么老了吗？

来到北京航天城后，刘洋知道，这里离自己的梦想已经近在咫尺了。越是这样，刘洋便越努力地完成航天员的训练。在航天事业面前，艰苦的训练内容是没有男女之分的，但身体相对柔弱的刘洋并没有在训练时喊过一声苦，叫过一声累。

每次训练结束，刘洋更是珍惜利用进餐结束的时间，在食堂向邓清明请教训练的诀窍和专业理论问题。邓清明作为比她早进入中国航天城十几年的前辈，懂得的东西可是太多了，一定要抓住他问个明白。

邓清明十分乐于为刘洋答疑解惑，毕竟同是中国航天员，大家的肩上除了自己的梦想，还有对中国航天事业共同的责任，所有的第一代航天员都十分乐于与新来的队员们交流自己的经验感想。

而每当刘洋回到宿舍，第二批航天员中的另一位女航天员王亚平又会和刘洋讨论很多问题，王亚平同样渴望更快更好地学习更多专业知识。

"在火箭升空的过程中，我们的抗荷服会往内部气囊充气，压迫我们的身体，给身体中的血管施加压力，保持我们的血压平稳……"

就这样，中国两位首批女性航天员，凭借着各自的坚韧和激情，在北京航天城中一步步成长。

终于，在"神舟九号"任务下达之际，刘洋被选为中国首位进入太空的女航天员。她实现了自己的梦想，飞到了太空。从二〇一〇年五月，刘洋加入中国人民解放军航天员大队，到二〇一二年六月十六日参与执行"神舟九号"与"天宫一号"载人交会对接任务，只隔了两年零一个月。

而此刻，北京航天城的夜空下，刘洋仰望天际，那是她曾经去过的辽阔星空。而现在"神舟十号"载人飞船正搭载着自己的好室友、好战友——中国另一位女航天员王亚平徐徐升空。经过无数科研人员和两位女性航天员的刻苦努力，飞入宇宙星河，终于也是女性们可以企及的梦想了。

太空教师

二○一三年六月十九日，"神舟十号"在太空中平静地运行。但与往常的科学研究工作不同，"神舟十号"面临一个更为特别的任务，那就是在第二天，为地球上的孩子们进行太空授课。

"和航天员相比，当老师的感觉怎么样？"聂海胜一边准备着授课用具，一边问着这次授课的主角——女航天员王亚平。

王亚平甩了甩自己利索的马尾辫，无奈地笑着说："不知道，反正比航天更忐忑不安。明天要是讲砸了，可就在全国的孩子面前丢人了。"

聂海胜听了后笑了起来，对王亚平说："你这经历了那么多风雨的女强人，还能被给孩子们讲课击倒了？"

王亚平白了聂海胜一眼，笑着开始准备自己的授课教案。

虽然王亚平看上去是一个普通的漂亮女孩，但她打小就和普通女生不一样。

来自山东烟台的她，家人都是地道的烟台人，并且是以种地为生的农民。她家的小院子十分干净利索，大门上贴着"勤劳能致富，德厚幸福多"的对联。在大门的左侧，还贴着一个带"八一"字样的"光荣人家"的牌子。在这种环境下长大的王亚平，养成了十分规矩和勤劳的性格习惯，让她成了村里有名的好姑娘。

对王亚平来说，一年当中最让她开心的就是春天了，因为家里种的大樱桃成熟了。而每次和父母还有妹妹一起在樱桃地里采摘樱桃的时候，她总是会一边摘一边吃，等家里人都摘完的时候，就她嘴角沾满了樱桃汁。

但她很讲义气，每次偷吃樱桃都不会忘记妹妹，总会藏一把在裤兜里。等忙完了一天，到夜里了，再悄悄地叫上妹妹，两个小女孩溜到院子里，一边看着璀璨的夜空，一边坐在樱桃树下"分赃"——吃樱桃。

父母当然都会自觉地当作什么都没发生一样，让姐妹俩好好"偷吃"一顿来奖励她们一天的劳动。

日子就这样一天天地过去了，无忧无虑的两姐妹渐渐长大，姐姐王亚平也到了上学的年龄。本来担心女儿学习成绩会有问题的父母发现，王亚平似乎天生就是学习的料，不仅在小学、初中、高中都是年级第一名，她还一直都是班里体育成绩最好的，甚至在参加第七批女飞行员选拔的时候顺利通过了体检。

王亚平一开始是不想去的，因为招收人数非常少，报考人数还非常多。王亚平本来只想安安心心高考，然后考一个好大学就行了，不过在同学们的怂恿下，她还是报了名。没想到这一报名，竟然一路过关斩将，通过了学校、烟台市甚至济南的大体检！而这代表着，只要王亚平高考成绩达标，就能够成为光荣的中国人民解放军空军的一员了！

而对于成绩优异的王亚平而言，这实在是太简单了。一九九七年的八月份，王亚平成了全国第七批女飞行员中的一员。带着美好的愿望和父老乡亲的期许，王亚平来到了空军长春飞行学院，开始了她的军旅生涯。

但第一天她就遭遇了挫折，因为所有女兵都要剪去长发，留起统一的像男孩一样的短发。不过王亚平并未放在心上，毕竟更重要的是训练和航空理论。由于从小在农村长大，王亚平的体育成绩非常优秀，所以在训练之余，她还学习了大学文化课程。到了一九九八年，年仅十八岁的王亚平就获得了试飞机会。

对于王亚平来说，她也许无法体验和其他女孩一样的生活——逛街、买包、谈恋爱……但是，王亚平也收获了其他女孩无法拥有的生活经历，那就是驾驶飞机在天空中翱翔。不仅如此，她在训练之余还努力学习，获得了军事学学士学位，并在二〇〇八年参与执行了汶川抗震救灾等重大任务。

而此时的王亚平，正在"天宫一号"舱内准备着太空授课的内容。她拿出六天前的信件，仔细地阅读起来。

那是世界上第一位在太空授课的美国女教师——美国航天局前航天员芭芭拉·摩根给她写的信，代表全球师生向她表达祝福。

明天就是授课的日子，王亚平有些紧张，但更多的是喜悦与兴奋。

第二天，"天宫一号"的太空课程开始了。接通地球和"天宫一号"的网络，这样就能在镜头面前给地球上的孩子们讲课了。而地球上的孩子们面对一块巨大的屏幕，就能看着王亚平姐姐在"天宫一号"内为他们讲解知识点了。

对于一个老师而言，学生们的反馈是最重要的，空对着一台摄像机讲课，自己心里会越讲越没底。聂海胜在一旁安慰王亚平说："想象一下，如果你对着的都是家里人，这样是不是好多了？"

王亚平笑着点点头。

快到上课的时候了，王亚平清了清嗓子，挺直腰板，准备上课了。

摄像机此时自动开机，红色光点开始闪烁。

王亚平露出自信的笑容，说："同学们，你们好！我是王亚平，本次授课由我来主讲。"

聂海胜在一旁接着说："大家好，我是聂海胜，担任本次飞行任务的指令长。"

张晓光也向镜头招手："大家好，我是张晓光，本次太空任务，我是摄像师。"说完开始准备摄像工作，我们的太空教师王亚平也开始正式授课。

"现在我们是在距离地面三百多公里的'天宫一号'上向大家问好。同学们都知道，失重是太空环境里最独特的现象。那么首先呢，让我们的指令长来给大家做几个高难度的动作。"

指令长聂海胜兴致勃勃地给同学们表演了"悬空打坐"，而王亚平接着使出了"大力神功"，轻轻一推就让聂海胜在空中缓慢地翻了几个跟头。妙趣横生的开场，把地球上的小朋友逗得哈哈大笑。

那么问题来啦！"失重了，我们身体的质量是不是也没有了呢？要是能测量一下就好了！"王亚平笑容可掬地对大家说，"在生活中，你们都是怎样测量物体的质量的？"

这个时候，在地球上，有的小朋友提出用天平测；有的说可以用体重秤测体重，还可以学曹冲称象测重物；还有年龄大一点儿的同学提出利用动量守恒定律来测质量。

"那么在地面上测质量的方法，在太空中还有效吗？"王亚平老师展示了两个一样的弹簧，弹簧的底端分别固定了两个质量不同的物体。"如果是在地面，由于两个物体质量不同，所以两个弹簧的伸长量肯定是不同的。但是现在，两个物体却停留在了同一位置，弹簧无法显示出两个物体质量的不同。"

那么问题又来了，王亚平俏皮地一笑："那么在太空中，我们航天员想要知道自己是胖了还是瘦了，该怎么办呢？"王亚平终于展示了专门在太空中测质量的工具——质量测量仪。

这时候，指令长聂海胜又出马了，和王亚平一同演示如何使用质量测量仪测质量。聂海胜飘浮了起来，将自己固定在了质量测量仪上。然后，王亚平将连接运动装置的钢丝绳拉到指定位置，将手一松。"拉力使他回到了初始位置，这样就测出了他的质量。"摄像师张晓光凑了过来，用特写镜头向全球的小朋友揭开了秘密：嘿！原来指令长的质量是七十四公斤。

王亚平再次面向镜头，循循善诱般地问道："同学们，你们想想看，我们这台质量测量仪依据的是什么物理原理呢？其实就是我们学过的牛顿第二定律。我们知道，物体所受到的力等于它的质量乘以加速度。那如果我们想办法测出力和加速度，就可以算出它的质量了。"王亚平耐心地讲了质量测量仪巧妙的设计原理，让同学们大开眼界，学会了这个好方法。

思考题来了。"在太空中，除了可以用这种办法测质量，还有什么办法可以测质量呢？"王亚平老师给了大家一点儿小小的启发，她拿过刚刚展示过的两根弹簧，接着将弹簧上的两个物体拉到同一位置，然后松手。"咦，同学们，你们看到了吧？两个物体的振动频率明显不一样，这一现象与地面上是完全一样的。"王亚平微微一笑，"那么，同学们，你们想想看，我们可不可以利用这一现象来设计出一种测量质量的方法呢？"这个问题就留给小读者一起来思考吧！

下一个演示开始了。

王亚平又拿过一个倒L形支架，支架上系着一根绳，绳上悬着一颗小球，这就形成了一个单摆。原来王亚平老师这次要演示的是单摆运动。

只见王亚平将支架固定在桌面上，将小球与支架竖轴拉开一段距离。"同学们想一下，如果此时我松手，小球会出现什么样的现象呢？"王亚平将手松开，"咦，它并没有像在地面上一样摆动。"再拉高一点儿呢？还是没有。这是为什么呢？

王亚平老师揭晓答案了："因为在太空中，小球处于失重状态，没有了重力，所以不能像在地面上一样摆动。"

"那么如果我们推小球一下，小球又会如何运动呢？"王亚平捏住小球，拉直细绳，轻轻一推，只见小球围绕摆轴做起了圆周运动。向上调整悬杆的角度，再推小球，小球依然做圆周运动。"这是因为，小球在太空中处于失重状态，即使我们给小球一个很小的初速度，它也能绕摆轴做圆周运动。但是在地面上，却需要一个足够大的初速度才能实现。"王亚平老师解释道。

孩子们恍然大悟。

接下来，王亚平又为孩子们展示了在太空中旋转的陀螺、与在地面截然不同的方向感、漂亮的大水珠、结实的水膜，还把水膜变成了一个亮晶晶的大水球……这些奇妙的现象让孩子们惊讶极了，对神秘的太空充满了向往。

时间过得很快，马上就要到下课的时间了，可孩子们还有太多的问题没有问完。在课程的最后，三位航天员将鼓励和祝福送给了正在观看的小朋友。

王亚平盯着摄像机，此时的她感觉自己面对的是一双双渴望知识的眼睛，直到摄像机的红色指示灯停止闪烁，她才松了一口气。

此时聂海胜笑着跟王亚平说："唉，刚刚还安慰你，没想到我上场的时候比你还紧张呢！"

王亚平扑哧一笑："哈哈哈，你以为我没问题啊？我都要吓死了，憋到现在才敢松一口气。真没想到我们几个航天员能被教课难倒呢！"

三个人都捧腹大笑，整个"天宫一号"舱内都回响着他们爽朗的笑声。

太空授课，让更多的孩子了解了航天是一项多么伟大而又有趣的事业，而在他们心中，也一定会和航天英雄小的时候一样，埋下一个飞向太空的梦想吧！

告别好友

　　空气中飘荡着淡淡雾气。对于在这里居住了几年的邓清明而言，这是常有的现象，因为清晨的郊区在山林的包围下，总是会生成雾气，但他内心更加牵挂的是，第一批航天员退役的时刻到了。

　　与其他职业不同，航天员退役后可以自愿选择留下继续工作，直到年龄达到最终的标准年龄。然而一般航天员在飞天后就会选择结束航天员生涯，这是为了能将飞天的机会留给其他的航天员，也是因为自己的年龄渐长，身体机能逐渐下降。

　　邓清明站在宿舍的窗前，默默看着阴沉的天空，雾气似乎弥漫进了他的胸膛，氤氲成一片阴影，覆盖了他曾经光明的内心。

"我是不是也应该退役了？"

邓清明陷入沉思。对他而言，只要还没有完成飞天梦想，就不能有退役的想法。但是，和自己同一时间进入航天员大队的战友们，都已经渐渐地退出了航天员队伍，只有自己一个人一直以候补状态待到现在。

下午就是退役仪式了，邓清明为了缓解悲伤，选择了继续训练。

失重飞机对于邓清明来说非常简单，毕竟作为一个优秀的飞行员，将飞机拉起后立刻低头垂直降落，在操作上十分简单。然而这个训练的难点不在于操纵飞机飞行，而是在于飞机垂直降落时的失重感该如何调整。记得第一次，邓清明紧紧地抓住驾驶舱内的架子不敢松手，后来才慢慢习惯，直到如今变得轻而易举。

你一定坐过过山车，在坡度较为缓和时你可能敢把双手松开，然而在坡度极陡的情况下，你一定只会牢牢抓紧不松手。

训练很快结束，邓清明听到了一个熟悉的声音。

"清明，还在练习呢？"

邓清明回头，发现原来是自己的好友陈全。"你也来训练了？"

陈全却笑着说道："我是最后一次来看看我训练的地方。"

邓清明已经想到了答案。今天下午，陈全会选择退役。而在役的中国第一批航天员，将只剩下邓清明了。

认识陈全，是在第一次到达训练场的那天。那时候的邓清明怀揣着飞天的理想，希望成为第一批飞上太空的航天员，然后回家乡好好地陪伴父母。他总是默默地完成所有训练，而陈全却爱说爱笑，是个阳光大男孩，为队伍增添了不少欢乐。

邓清明对幽闭空间训练印象深刻，冷静而自律的他更擅长应对体力、智力的考验，第一次进入幽闭空间的他，只能坚持十几分钟。

结束了幽闭空间的训练后，邓清明的分数依旧低于陈全。邓清明向陈全询问幽闭空间训练的技巧。

"训练技巧？不用训练啊，你只要能够打开自

己的心扉就可以。"那时候的陈全笑着说道。

而对于邓清明而言，这却是一句无用的话。什么叫打开自己的心扉？什么叫不用训练？若是不用训练，我们为什么要开设幽闭空间的训练项目呢？邓清明不大高兴地离开了，因为这时候的他认为，陈全根本不重视这个训练。

杨利伟飞天结束后，我国的航天飞船能够搭载多人飞天，为了锻炼航天员的协作能力，幽闭训练渐渐变为两人一起训练。

而第一次的训练，便是邓清明和陈全搭配。

穿好航天服的陈全冲着邓清明笑道："这下好了，有人陪我，能一起聊天了，比以前容易多了。"

训练开始了，测试人员关上了训练室的大门后，邓清明和陈全的世界一片漆黑。不仅仅是眼前一片漆黑，连声音都听不见，两人只能够听到轻轻的呼吸声和心跳声。

陈全率先打破沉默："清明，你老家在哪儿啊？"

"江西。"邓清明答道。

"哦，我知道，瓦罐汤和滕王阁嘛，好地方！等咱俩退役了，我就去江西找你玩。"陈全笑着说。

"对了，你是为什么想当航天员的？"邓清明问道。

"我？一开始没想法。"陈全笑呵呵地回答，"我一开始就想当兵，不让家里人管我。可是谁知道我还挺幸运，挺会开飞机，然后发现还挺会学习。来到这里以后我才发现，我做的这件事情是多么伟大，有那么多的人为这个事业而献身，我就觉得我一定不能辜负他们。那你是为啥呢？"

邓清明说："因为我的梦想就是翱翔在太空，所以我一开始当空军，就是想接近天空。后来知道有航天员这一行，就决定当航天员。这是我一生的梦想。"

"厉害！一定要加油啊，你一定能成功的！"陈全鼓励邓清明，让邓清明的内心温暖了一些，"但我也不会懈怠，我们争取一起成为飞天的航天员吧！"

"可我幽闭训练分数并不高，我也不知道该怎么提升。"邓清明依旧为此而苦恼。

"没问题，我说过不用太在意训练，真正重要的是放松心情。当你彻底放松下来的时候，你会发现你能够和自己对话，那时候，你的内心就没有任何烦恼了！而不断地放松自己的内心，就是我的训练。"陈全自豪地说道。

邓清明感受到了陈全身上不一样的气息，如同清晨的太阳一般能够温暖他人。

就在两人的聊天中，幽闭训练很快就结束了。对邓清明而言，更重要的是他结交到了一位真正的好朋友。

回到此时此刻，邓清明和陈全沉默着站在窗前看雾。

陈全像往常一样打破沉默，说道："走吧，退役仪式就要开始了。你不送送我？"

邓清明转身笑道："怎么可能不送？你可是我的老战友！我肯定要送你在航天城的最后一程。"

训练场的雾气越来越浓，不知何时才能迎来新的阳光。

两人缓缓走入学术大厅——那个他们曾经光荣

加入中国航天员大队的地方。邓清明依旧记得那时，领导在红旗下为他们颁发了代表荣耀的航天员徽章。

此时此刻，如当初一般庄严与正式，其他新航天员也肃立两旁，而准备退役的陈全等几位航天员则站在中间，等待领导的到来。红色国旗在他们身后的墙上注视着这批为祖国的航天事业奉献了大好年华的钢铁战士。很快，领导便打开了门，来到了他们中间。

领导站在大家面前，缓缓地握起拳头，抬到太阳穴的位置。而退役人员也握紧拳头，面对着领导，喊出了当时进入航天员大队的誓言，只不过，这一次是他们光荣退役！

在慷慨激昂的宣誓声中，在场所有人都流下了眼泪。而此时，窗外却照进了一道金光，原来是太阳光穿透雾气照进来了，整个学术大厅内充满金色和红色的光芒。

在退役仪式结束后，退役航天员们摘下了航天员徽章，代表他们完成了光荣的使命。

此时，陈全忽然转向了邓清明，直视着邓清明的眼睛坚定地说道："清明，我比你先退役了，你是首批现役航天员中唯一没有执行过飞天任务的，不要放弃，坚持下去，你的梦想一定会实现的！"而邓清明的眼睛此刻早被泪水湿润了。

两人紧紧地拥抱，因为这一分别，也不知何时才能再相见。但是邓清明的内心却不再因挚友的离开而感伤，因为他知道，他此刻不应该沉湎于悲伤的情绪中，而是应该调整好心态，继续训练，好在下一次选拔中，成为一名真正飞天的航天员。只有这样，才能让挚友的祝愿真正实现。

此时，邓清明也准备好了迎接下面的挑战。因为他早就知道，迎接自己的，不是鲜花和掌声，而是在默默无闻中，接受日复一日的更为严酷艰难的训练。只有成为一名最优秀的航天员，才能乘坐中国制造的飞船进入深远浩瀚的太空。

新的起点

暖黄的光线照耀着训练大厅，大厅内散发着淡淡的阳光的香味。

所有航天员都沉默地等待着这一次的考核结果，尤其是长期作为候补航天员的邓清明，他是那么熟悉这个训练大厅，空旷，质朴，严肃。

你记得被考试烦扰时的心情吧？在夜晚的台灯下，在铅笔与纸张的磨擦声中，不断地温习明天可能会出现的考试题。你一定会既烦恼又焦急，因为明天考试的成绩不好，之前的时间可就都白费了。

但是偷偷地告诉你，别看邓清明那么冷静，其实他此时的心情比那时候的你更着急，他是多么渴望代表国家飞向太空啊！

就算是穿上一百六十公斤重的航天服进行精细操作，或是在刚刚坐完失重飞机后立刻坐下来开始算一些数学题，又或者是在一片黑暗中与自己对话一整天……这些考验和历练对邓清明来说都算不上什么，因为遨游在太空并在太空遥望地球上的祖国母亲是他一生的梦想。

你是否有过考试失利的情况？就算一次没考好，可很快还有机会。

但是邓清明就没有那么轻松了，因为他不知道如果自己在"神舟十一号"的航天员选拔中落选，下一次的神舟号飞行任务会是在什么时候，而已年过五十的自己还有没有机会参加选拔。背后冷冷的汗水溻了衬衫，他渴望领导能够来得慢些，好让他有足够的时间让自己放松下来。

门响了，所有航天员都齐刷刷地看向门。领导终于来了，慈祥而又温和的领导缓缓来到桌前。在清晨的阳光下，一切都是那么温馨。

邓清明回忆起十几年来，每一次在这里拥抱战友并恭贺他们成为代表祖国出征的航天员时，自己既快乐又有些不甘的心情。他高兴自己的战友能够实现梦想，代表祖国在太空中为祖国执行科研任务，但又不甘心自己投身航天事业那么多年，却不能真正地坐在祖国的神舟飞船里，在宇宙中翱翔。

领导公布了这一次的入选名单。

"景海鹏，陈冬，恭喜你们两个人，以这次考核前两名的成绩，代表我们的祖国飞向太空！"

领导短暂而坚定的话语声落下后，整个训练大厅都安静了，只剩下了心跳和呼吸的声音。因为大家都知道，在场有一个付出了十几年努力的人，是那么渴望入选。而这次的考核，邓清明也许只是差了零点一分！

领导深深知道这份沉默的由来，他心里也替邓清明难过，可是考核就是考核，不能感情用事，改变标准。

领导说："清明，你有什么想说的吗？"

邓清明缓缓地站起，眉头微锁地凝视地板，沉默不言。忽然，他眉头缓缓松开，转身面向身后的海鹏，紧紧地抱住了他，说："海鹏，祝贺你！"而景海鹏也立刻抱紧了邓清明，大声地说道："谢谢你，兄弟！"此刻，整个训练大厅的人都带着泪水大喊："清明，加油！"

窗外，深邃的碧蓝天空，云卷云舒。

飞机很快就降落在了邓清明的家乡——江西的机场。下了飞机的邓清明一眼就看到了自己的妻子——那个人群中抱着一束鲜花的红衣女子。邓清明回忆起，每一年妻子都会穿着红色的衣服，手抱鲜花，等待自己回到家中，和女儿一起吃上一顿饺子。妻子紧紧拥抱邓清明，仿佛是世界上最幸福的女人。

妻子说："老公，我们快回家吧，女儿还在家里等你呢！"

邓清明呆呆地"嗯"了一声，心中五味杂陈。

一路上妻子没有过问任何有关考核的事情，只是轻轻地问他吃得还好吗，睡得如何。

而邓清明也只是简短地回答："都好，只要你和女儿快乐，我就很幸福。"

邓清明没有说谎，只是心里总有一些遗憾。

家在简易的小区中，停罢车后，夫妻二人缓缓上楼。邓清明跟在妻子后面，怀里捧着花束。他心里有些小小的害怕，他不知道该如何向正在等待自己回家的女儿交代，难道和她说："爸爸又失败了？"或是沉默？

那女儿该有多么失望啊！因为女儿继承了自己的航天梦，她是多么希望自己的父亲能够飞上太空啊！

邓清明越想越难过，头越来越低，盯着台阶不敢抬头。他的内心升起一片阴霾，他甚至希望上楼的楼梯能永远走不完。

但清脆的开锁声将邓清明唤醒，到家了，妻子缓缓走进房门。

而邓清明抬头时发现屋内没有开灯，一片黑暗。忽然，所有的灯都亮了，如生日宴会一般惊醒了恍惚中的邓清明。客厅的餐桌上摆着几盘饺子，而此时，女儿用温婉而坚定的声音突然说道：

"欢迎我的英雄爸爸回家！"

邓清明的眼眶红了起来。他是那么愧疚，为自己在楼梯上所想的一切而愧疚。

而妻子也走到女儿身边，对他说道：

"老公，你就是我和孩子的英雄！"

邓清明再也忍不住了，立刻冲向卫生间，靠着墙壁泣不成声。他很愧疚，因为自己不能把荣耀带回家，送给等待自己回家的两个天使。

女儿却乖巧地在卫生间门外说道："爸，吃饭吧。"随后女儿打开了卫生间的灯继续说道，"没事的，爸，我想告诉你，无论如何，还有我和我妈陪你呢！再说了，你就不想吃我和我妈给你包的饺子吗？航天员的饭有那么好吃吗？"

妈妈将手缓缓放在女儿肩上，一起在门口默默地等待邓清明。

邓清明打开水龙头洗了把脸，坚定地看着镜子中的自己，露出了温馨的笑容。

卫生间的门打开了，邓清明的脸庞挂满水珠，幸福地对女儿说道："航天员的伙食当然好吃了，但哪里比得上家里人做的饺子呢！"

妻子和女儿露出无比幸福的笑容，牵着邓清明坐上餐桌，开始一边吃一边聊天。而此时的邓清明，也松开了紧绷的心弦。

小小的客厅内洋溢着属于一家三口的幸福和欢乐的气息，在这个平常的日子里吃着饺子，却拥有了比节日更浓厚的温馨气氛。

邓清明的心慢慢地热起来，他发现这十八年来，除了艰苦的训练和一次次的落选外，还有贤惠的妻子和可爱的女儿在家中等待着他。无论是成功还是失败，她们都将自己看作世间最伟大的英雄。那么，就算这次落选又能怎么样呢？

能够成为世界上最好的妻女心目中的英雄，难道不已经是最伟大的英雄了吗？

夜里，邓清明站在窗前，看着被璀璨的星星点亮的夜空，回忆着这一天所发生的事情，心里更加温暖和坚定。

他的战友们还在等他，不断地为他加油打气，等他回到航天员中心继续训练，直到通过选拔的那一天，和那些已经飞天的战友一起把酒言欢。

家中的妻子女儿也在等他，等他从真正的返回舱走下来，讲述浩瀚太空中的种种趣事。他也等待自己能真正地以航天英雄的名义把花捧在怀中。

邓清明深知自己不会放弃，就如儿时走夜路一般，也许现在还是黑夜，但这并不代表光明不会照耀自己。只要自己一步一步地向前走，他终究会和儿时一般，最终走到自己的目的地。

邓清明看着夜空中闪烁的星光，将航天这颗种子埋在心中，他知道自己明天将继续前行，回到航天员中心继续训练。

因为他知道，他的航天征途尚未结束。

心中英雄

当你仰望头顶的星星时，你也许不知道，那些若隐若现的小光点，往往比地球大很多倍。我们平时看到的星星，都是太空深处明亮的星系中巨大的恒星。每一个星系，都有无数的恒星，而每颗恒星周围，都有许多像地球一样的行星。你抬头仰望，能看到成千上万颗星星，但它们与你所站立的地方却相隔很远。

这是一个多么浩瀚的宇宙呢？如果你把全世界每一颗沙子都数清楚了，它们加起来的数量也不到全宇宙所有星球数量的十分之一。在电影里，你可以看到未来的人们搭乘飞船穿梭在宇宙中，和宇宙深处的各种生命打交道。但在现实世界里，我们绝大多数人依然无法离开地球，进入宇宙中亲身感受它的浩瀚。

而地球上那些最幸运的英雄，他们飞出了地球，进入太空遨游！对他们来说，那不仅是一次激动人心的梦幻之旅，更是他们的使命。英雄们怀着一腔热血，以最饱满的身心状态接受最严酷的训练，为的就是有朝一日能搭乘宇宙飞船进入太空，去实现整个人类的梦想。

我们的祖国就有这样一些令人崇敬的英雄。

二〇一八年初，北京再次下起了小雪。漫天的雪花飘舞着，在灯光的照射下，好像亮晶晶的星星，笼罩在北京航天城的上方。伴随着中国载人航天事业的发展，从一九九六年建成至今，北京航天城已经从一个低调、隐秘的园区转变成了一个承载着中国航天事业辉煌成就的地方。

在灯火通明的北京航天城中，不知道有多少宇宙学家、动力学家、生物学家在夜以继日地推动着人类航天事业的发展。而在航天城中心训练基地中，中国第一批、第二批航天员也日复一日地接受着高强度的航天员专业训练，为每一次的飞行任务做好充分的准备。

此时，在园区的马路上，一个孤独却挺拔的身影缓缓地行走着，深色的冲锋衣上落了密密的一层雪花。如果你恰巧也在这条路上走着，会与他打个照面，但你不会认出这个人是谁，因为他对于很多人而言，只是一个陌生的面孔。在北京航天城生活、训练了二十年，这二十年里，他的战友们，例如杨利伟、翟志刚、费俊龙等，都成了家喻户晓的航天英雄。

正是邓清明走在园区！曾经与他共同战斗的战友很多选择了退役，离开航天城，过上了没有那么紧张、不必天天进行严酷训练的日子。但邓清明选择留在这里，他是中国第一批航天员里，到现在为止仍然没有执行过航天任务的唯一现役航天员。

邓清明穿过操场，来到了指挥中心大楼。天上依然飘着小雪，邓清明还记得，在他成功通过考核，到北京航天中心报到的那天，天上也下着雪。从全军飞行员中经过层层选拔脱颖而出的十四位战士光荣地成了中国第一批航天员。

那时的邓清明，满怀着对浩瀚星空的憧憬，立志一定要搭乘宇宙飞船，飞到地球之外，在太空中留下自己的身影。但时至今日，随着战友们一个又一个地完成载人航天任务，或是离开了这个队伍，作为"神舟九号""神舟十号"和"神舟十一号"的候补航天员，邓清明一次又一次地站在地面上，保障战友们执行任务，而自己却无法真正地乘坐宇宙飞船，置身于美丽的星空。

邓清明进入大楼，推开指挥中心办公室的大门。

"清明，我们中央的新闻媒体想要邀请你做一期访谈节目。"领导开门见山地告诉邓清明找他来的目的。

以往这样的采访活动，经常邀请成功执行载人航天任务的航天员们，他们所说的话，也常常给邓清明鼓励和启发。那些情景，邓清明还历历在目。

作为中国第一位飞上太空的航天员，杨利伟可能是被采访次数最多的。

提起自己的航天梦想，杨利伟爽朗地笑道："我从来没想过我能走到这一步。不过能够代表中国飞往太空，真的是我一生的荣幸！谁能想到，那个时候我的梦想只是做一个火车司机？"

有一位观众向他提问，他的名字为什么叫杨利伟。

杨利伟笑道："我父母给我起的名字，立就是立起来那个'立'，后来呢，我上小学的时候，觉得胜利的'利'更好，然后就变成这个胜利的'利'了。"

"那你小时候学习成绩怎么样呢？"

这时候的杨利伟笑得跟孩子一样，说："你们肯定不相信，我那时候是班里最淘气的，不过学习成绩还不错，我想，这和我的心理素质很有关系。中国航天员中心的很多专家给我的评价是'心理素质好'，专家们认为我属于那种不受干扰型的。专家们精心设置的许多陷阱，我基本上没有掉进去过。经常在考完后，现场教练员问我：'你认为你的操作有失误吗？'我对自己是有把握的，每次总是不假思索地回答：'没有失误！'我的确没有失误，他们是在考查我的心理素质和自信心。"

的确，正是过硬的技术和艰苦的训练给了这些像杨利伟一样的航天员足够的自信心。

刘洋作为中国第一位女性航天员，也被多次采访过。

许多观众都记得，刘洋在太空中骑"自行车"、练太极拳的情景。

提起自己的航天梦想，刘洋不禁感慨道："从小时候开始，我一直觉得当一个飞行员、航天员不是只有男孩子才能提及的梦想，所以我一直不断地努力锻炼、训练，但是当我真的成为一名飞行员，真的成为一位进入太空的航天员以后，我又觉得有点不真实……"

刘洋的真诚和亲切感染着大家，许多观众听到这样一位倔强的女性为了航天梦想坚持不懈，终于进入太空的历程，既欣慰，又感动。

而这一次媒体却找上了从未执行过航天任务的邓清明，这让他有些不解。

"节目组想邀请你在节目中分享航天员的生活和太空梦想，尤其是你能够一直坚持梦想的力量。"

梦想？是的！这就是支撑着邓清明坚持到现在的最重要的理由。

"好的，我接受节目组的邀请。"

邓清明被邀请参与《朗读者》读书节目。在每一期节目中，节目组会邀请特别的嘉宾，分享自己的经历，分享自己的阅读感悟。

去往演播室的路上，邓清明透过车窗，看到日新月异的北安河边上，已经不再是一片荒凉，一栋栋高楼大厦建了起来，路上的车辆来来往往，川流不息。这二十年来，不只是载人航天事业，中国的方方面面都在发生着翻天覆地的变化。

当主持人邀请自己出场，邓清明的心脏扑通扑通地猛跳，但邓清明心中想着，自己这么多严酷的训练都坚持过来了，怎么能在这样的时候怯场呢？邓清明让自己镇定下来，走上了台。

从一九九八年到二〇一八年，二十年过去了，邓清明接受了不计其数、各种各样的培训，无数次为发射做准备，但至今还没有飞上太空。

航天部队有着严格的保密条例，除了经过批准的新闻播报外，公众难以获得航天员的资料。没有执行过航天任务的邓清明，对于大多数观众来说是陌生的。

然而，当邓清明走上台的时候，台下却爆发出了热烈的掌声。原来，主持人已经把他的事迹介绍给了大家，现场的观众对于这样一个坚持在航天员岗位上的英雄十分钦佩。

二〇一八年是邓清明在中国航天大队的第二十年，主持人问邓清明："您还记得二十年前的一月五日这一天的情景吗？"

那一天，对于邓清明来说，注定是一辈子都无法忘怀的日子。他告诉主持人："那天的情景，就像烙印一样烙在我的心上。中国航天员中心里有一个学术大厅，一九九八年的那一天，学术大厅主席台的后面布置了一面非常大的国旗。我和第一批航天员战友们对着国旗庄严肃立，宣誓自己将为祖国的航天事业无私奉献，不怕牺牲，愿为航天事业的发展奋斗终生。那个时候，我看着台上的五星红旗，不由得心跳都加快了许多，在宣誓仪式结束后，在国旗上签下自己名字的那一刻，我的手都是抖的。"

从一九九八年开始，直到二〇一〇年，邓清明才第一次进行飞天任务的准备训练。每一次载人航天飞行任务，都必须由训练成绩最优异的航天员担负。在准备训练阶段，为了保险起见，训练基地一般会选出两倍的航天员人选进行训练。在确定执行航天员和候补航天员之前，大家接受的训练强度和标准都是一样的，只有始终保持非常优秀的成绩、最佳的状态，才能进入执行任务的梯队。

能够成为接受飞天任务准备训练的一员，就已经证明了邓清明作为一位优秀的航天员，足以承担飞天任务。但可惜的是，在"神舟九号""神舟十号"和"神舟十一号"航天员的最终选拔中，邓清明都因极其微小的差距成了候补航天员。

在主持人的追问下，这二十年来在航天城训练的点点滴滴逐渐浮现在了邓清明的眼前。

"在第一次落选的时候，我并没有太多的难过，我只是觉得自己离梦想又进了一步，在下一次飞天任务到来的时候，自己一定能够更进一步，进入执行任务的梯队……"邓清明轻轻地讲述着自己的历程。

但在"神舟十号"的飞行任务中，邓清明再一次因微小差距而留在了候补梯队。那个时候，邓清明已经四十七岁了，他不知道下一次航天任务会在什么时候，而自己的许多战友也都因为年龄的问题而选择离开了航天员队伍。

"在队里，我最好的朋友陈全在离队的时候找到了我，他告诉我：'不管主份备份，都是航天员的本分，老邓啊，你现在是我们航天员大队第一批成员里唯一一个没有执行过任务的现役航天员，一定不要放弃。'我更知道，飞入浩瀚的宇宙是我这么多年来的一个梦想，于是我一直坚持留在队里，没有离开。"

"当'神舟十一号'执行任务的名单宣布时依然没有您的名字，您当时是什么样的反应？"主持人问道。

邓清明顿了一下，缓缓地说："我记得当时宣布的结果是景海鹏和陈冬去执行的时候，我的心确实是蒙了一下，整个大厅都静得出奇，在场大部分人都把目光集中在我身上。领导也看着我，想让我说两句话。可是我竟然一时想不到该说什么，我就抱住了一旁一句话不说的景海鹏。在场许多人都哭了。"

听着邓清明缓缓的讲述，观众们能够清楚地感受到邓清明平稳的话语中饱含的是二十年来的汗水、梦想和遗憾，对他肃然起敬。当年第一批十四位航天员中，有许多人都因为年龄问题选择了离队，但邓清明留了下来，带着对星空的向往和对国家航天事业的责任感，继续接受着一年又一年的严酷训练。

在与"神舟十一号"的飞行机会擦肩而过后，邓清明已经五十多岁了，身体机能不可避免地下降着，这是最让他担忧的事情。随着一代又一代年轻航天员的加入，邓清明成为执行航天员的机会变得越来越小，想到这里，他的心情不禁变得有些落寞。

就在这个时候，主持人请出了一位特殊的嘉宾。邓清明没想到，节目组竟然把自己的女儿请到了现场。女儿带着一封给父亲的信来到了现场，在台上对着邓清明念道："我看到你染过的头发里面暗藏的白发，为你在这一岗位默默地奋斗的这二十年而心疼。爸爸是我见过的最敬业的人，最无私的人。'三十功名尘与土，八千里路云和月。'我们的生活还在继续，你永远是我心目中最伟大的英雄。"

严酷的训练早已让每一位航天员掌握了控制自己情绪的能力，但在这一刻，邓清明还是没有忍住，落了泪。就算自己为了完成航天使命、追求航天梦想而没能常常陪伴在家人身边，就算自己一次又一次地与飞上太空擦肩而过，自己的家人依然坚定不移地支持着自己。每天晚饭后，女儿都会推着自行车，在训练场的围墙外看望邓清明。每一次回家，邓清明的爱人都会捧着鲜花迎接他，鼓励他，女儿也一同站在门口欢迎英雄父亲回家。

或许作为航天员的邓清明二十年来还没有作为第一梯队执行过航天任务，但在家人的眼里，二十年如一日坚持完成训练，时刻为国家航天任务做着准备的邓清明，就是一位航天英雄。

不，不只是在家人的眼中，也不只是邓清明一个人。

一如已退役的第一批航天员，无论他们去过还是没有去过太空，都不曾卸下过一分力。无论是在浩瀚太空中执行任务的航天员，还是在地面守望着

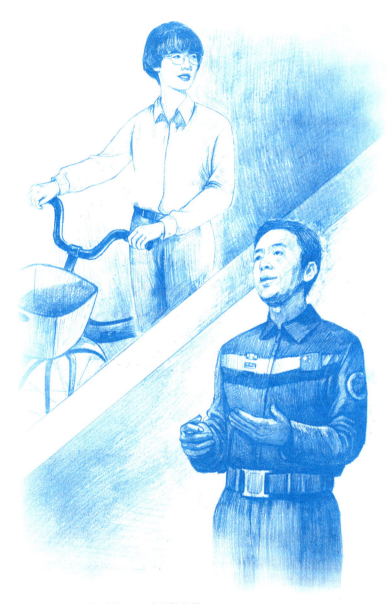

宇宙飞船一飞冲天的候补航天员、科研人员和工程建设者，不论经过多少风霜与劳碌，不论经历多少苦痛和遗憾，中国载人航天事业的许许多多推动者，永远不愿意卸下肩上中华民族航天事业的重担，所有中国航天员一刻也没有放下对浩瀚太空的向往。不论到最后他们有没有进入太空，他们都从不回头，永不放弃。

如今，邓清明依旧在坚持训练，他说："任务的成功即是我的成功，我宁愿做一块默默无闻的基石，也绝不容忍自己在号角催征时，还没有准备好。"他的女儿邓满琪，也成了一名航天人，她说："爸爸永远是我心目中最伟大的英雄。"

天上宫阙

　　群星闪耀在静谧的太空之中，它们一次次见证着属于中国航天的历史新进程。

　　二〇二一年七月四日，洁白的天和核心舱飘浮在漆黑的太空之中。核心舱的外表像一只蜻蜓，身躯洁白，翅膀分别是橙色和黑色。核心舱的身体由节点舱、小柱段、大柱段三部分组成，其中节点舱最为特殊，它是空间站的联系枢纽，可以对接停靠的载人飞船，在节点舱顶部还有一个出舱口，能让航天员从这里出舱，进行舱外活动。

　　此时此刻，航天员刘伯明和汤洪波正在进行出舱前的准备工作，聂海胜则要完成舱内任务，三位航天员和地面上的科研人员保持着密切交流。这一刻，天地协力，无数人心弦紧绷。

时间悄然流逝，上午八时十一分，这个重要的时刻终于到来了！飘浮在太空中的天和核心舱节点舱舱门打开了，航天员刘伯明和汤洪波成功出舱。

刘伯明和汤洪波成功出舱，代表着中国航天正式进入空间站时代，我们建成了属于中国人的"天上宫阙"。

"神舟十二号"载人飞船执行的是空间站关键技术验证阶段的第四次飞行任务，也是空间站阶段首次载人飞行任务，其重要性不言自明。这次任务包含几项目标：首先，在轨验证航天员长期驻留的再生生保、空间物资补给、出舱活动、舱外操作、在轨维修等空间站建造和运营等关键技术，首次检验东风着陆场的航天员搜索救援能力；其次，开展多领域的空间应用及实验；最后，综合评估考核工程各系统执行空间站任务的功能和性能，进一步考核各系统间的匹配性和协调性，为后续任务积累经验。

毫无疑问，"神舟十二号"载人飞船对于中国航天事业有着里程碑式的意义。

二〇二一年六月十七日上午六时三十分，酒泉卫星发射中心航天员公寓——问天阁南侧门打开，"神舟十二号"载人飞船飞行乘组三位航天员聂海胜、刘伯明、汤洪波身着白色航天服，从容走来。

"总指挥长同志，我们奉命执行'神舟十二号'载人飞行任务，准备完毕，请指示。中国人民解放军航天员大队航天员聂海胜。"

"航天员刘伯明。"

"航天员汤洪波。"

"出发！"指令已下，出征在即。

上午九时二十二分，搭载"神舟十二号"载人飞船的长征二号F遥十二运载火箭在酒泉发射中心点火发射，顺利将三名航天员送入太空。

起飞约五百七十三秒后，"神舟十二号"载人飞船与运载火箭成功分离，进入预定轨道。

下午三时五十四分，载人飞船按照预定程序与天和核心舱成功进行自主快速交会对接。

下午六时四十八分，航天员聂海胜、刘伯明、汤洪波先后进入天和核心舱，标志着中国人首次进入自己的空间站。

在无数中国人的共同努力下，我们的航天事业在这一刻迈向了新的征程。

这三位航天员是我们国家的英雄，他们是如何做出今天的成绩的呢？

聂海胜出生在湖北省枣阳市杨垱镇一个小村庄，虽然祖祖辈辈都是农民，但他的父母深知多读书的好处。家境清寒反而成了激励聂海胜前行的动力，他成功考入市里的重点高中。成绩优异的他，考入一所重点大学并不困难，但他选择了勇敢追求自己的梦想，最终被选拔为中国航天员。

航天员刘伯明，也出身于农民之家，他自小聪慧，但因家里负担太重，选择当兵，为的是帮家中省下一大笔开支。经过多次选拔考试，他成了家乡的县城空军招飞考试中唯一被选上的学生。刻苦训练的他，飞行时间超过了一千小时！这也让他有机会参加中国航天员的选拔，并且不负众望，成了一名优秀的航天员。

与聂海胜、刘伯明不同，来自湖南湘潭农村的汤洪波，为了这一刻，在不间断的刻苦训练中等待了十一年。上学期间，在老师和同学们的眼里，汤洪波不爱说话，骨子里却憋着一股坚忍的冲劲儿，就像一棵默默成长的树苗，不断深深扎根，等待直冲天际的那一天。

高三那年，汤洪波告诉父亲，希望自己成为一名飞行员。平常沉默寡言、不善言谈的父亲坚定地支持他去追逐自己的梦想。汤洪波凭着优秀的综合素质，顺利通过招飞测试，加入了中国空军。在飞行学院学习期间，他非常努力，训练常常获得满分，被评为"教科书式的飞行"。

二〇一〇年，三十五岁的汤洪波成了一名航天员，开始更为艰苦卓绝的训练。汤洪波知道，只有像大树一样，永不疲倦地从大地中汲取养分，才有机会让枝叶在广袤的天空中伸展。

"神舟十二号"载人飞船的三位航天员将在太空中完成四项任务，分别是开展核心舱体组合的日常管理、开展出舱活动和舱外作业、开展空间科学实验和技术实验、进行航天员自身的健康管理。

天宫空间站，是中国首个空间站实验室，它不仅能让航天员在太空中生活，更能让科学家在此进行实验。对人类而言，这是离开地球摇篮、研究宇宙极为重要的一步。

天宫空间站采用的是"积木式"结构，由核心舱、实验室、载人飞船、货运飞船等部分以拼搭的方式完成。用于"搭积木"的机械臂是体现空间站核心技术的关键部位，它看上去像个大号圆规，长十点二米，拥有七个关节，七个自由度，非常灵活。机械臂力气很大，可抓取二十五吨重的物品。

出舱活动和舱外作业，是一项惊险刺激的任务，要对抗太空中由完全真空导致的种种问题，例如温差巨大、辐射强、全失重、缺氧等。通过技术改进升级，新一代舱外航天服空间更大，生命维持系统更强，穿着更舒适，操作更灵敏，为这次航天员长时间舱外行走打下了坚实的基础。

航天员进行太空作业，最可怕的事情便是脱离空间站，消失在无垠的宇宙中。"脚限位器"是用来固定航天员的关键装置，就像滑雪运动员的滑雪板，固定住航天员，不让他飘走。"脚限位器"可以通过踮脚、左右脚用力，实现前后、左右倾斜。

天宫空间站还有一双特别的"眼睛"——全景相机，用于观察空间站的舱外设备、机械臂的运动情况和航天员的出舱活动。"眼睛"记录下来的影像非常重要，因为空间站体积庞大，外太空环境复杂，甚至会有微陨石撞击空间站，必须实时监控并立即进行风险评估。这台全景相机更像是个实时监控的守望者，保护着空间站和航天员的生命安全。

空间站要进行科学实验和技术实验，还要开展空间应用、航天医学实验以及科普教育活动。在太空这个神奇的环境下，人类通过科学的手段可以完成许多在地球上无法完成的事情，例如在宇宙射线、微重力环境等影响下，太空蔬菜可以长得很特别。

这次太空任务，汤洪波带了一个特殊的东西，就是小红薯种子。他每天都会给它浇水，并记录小红薯的成长。随着时间的流逝，小红薯长出了令人欣喜的绿芽。

空间站已经有几十年的历史。从功能上来划分，空间站大致可以分为试验型和实用型两种。前者以工程试验为主要目的，解决可行性问题，后者则将科学实验作为主要目的。

中国空间站，这座距离地球表面近四百公里的"天上宫阙"十分舒适宜居，相当于一座五星级酒店，除了可以满足太空科研需求外，里面的生活设施一应俱全，完全可以满足航天员的长期生活需求，尤其是天和核心舱，为三名航天员配备了三个独立卧室和一个卫生间。

在刘伯明的卧室门口，挂着一个红黄相间的小牛玩偶，十分可爱。刘伯明带着这个小牛玩偶来到太空，有着两个美好的寓意。第一个寓意是"扭转乾坤"，期望人类能够早日战胜新冠肺炎疫情；第二个寓意是"牛气冲天"，展现对这次任务圆满完成的信心与决心。

聂海胜在自己卧室的墙上贴了两张照片，分别是他和妻子、家人的合照。在孤寂的太空中，家人的爱是聂海胜战胜孤独的法宝。聂海胜的卧室墙上还有一张画，是他在太空中观看地球时画下来的渤海湾，画中的渤海湾如同一只展翅翱翔的凤凰。在聂海胜的卧室里还摆放着一张特殊的照片，像一幅长长的中国画，上面是航天员大队的全体现役队员，仿佛一同成长的队友正与他共同展开太空之旅。

汤洪波的卧室墙上贴了一张全家福，照片下方的白色小卡片上，是其妻子写下的祝福语：胸怀诗意，飞向远方，愿你载满一船星辉，凯旋。

天宫空间站内有新型声光电报警系统，遇到异常情况就会及时报警，所以航天员不用在睡眠时间安排轮流值班，可以安心睡觉养足精力。每一次出舱活动前，航天员要提前五到六个小时就开始准备工作，穿舱外航天服，在轨训练，吸氧排氮，过闸开舱门，接着就是连续六到七个小时的高强度工作。张弛有度、劳逸结合是航天员在空间站持续稳定工作的重要保障。

让我们来看看，航天员在空间站中的每一天是如何度过的吧。

早上六时，航天员起床洗漱并准备早餐。七时三十分开始用餐。八时，地面飞行控制工作人员抵达工作岗位，航天员开始与地面沟通任务计划并开始一天的紧张工作。

中午十二时是航天员的午餐时间。晚上八时左右，航天员向地面报告当天的工作完成情况，并沟通第二天的工作计划。

天宫空间站配备了一百二十多种航天食品，营养均衡，口味和品种都十分丰富。在专门的就餐区，可以加热、冷藏食物，还配备了折叠桌，让航天员想坐着吃、站着吃、飘着吃都行。

汤洪波很喜欢喝茶。在太空中喝茶，跟在地球上喝茶有什么区别呢？在地球上只需要用开水冲泡茶叶就可以了。在太空中，水会飘浮起来，稍不注意，开水就会烫到自己。航天员把茶叶和凉水装进特制的透明包装袋中，把包装袋放到微波炉里加热，这样就能把茶沏开，又不会被开水烫到。

茶沏好后，最神奇的一幕就来了。在太空中喝茶，可以使用一个特殊的道具，那就是筷子。包装袋上有个特殊的管道，打开后轻轻一挤，茶水就会像果冻一样飘出来，这时候，就要用筷子快速"夹"住它并塞到嘴里，茶水才不会到处乱飞。

在太空中做运动也是件有趣的事，空间站里有太空跑步机、太空自行车这样特制的设备。太空自行车可有趣了，没有车座，需依靠背部支撑垫做支撑，航天员不但可以锻炼腿脚，还可以把身体倒过来，通过手摇自行车脚蹬子，锻炼手臂。这可不是为了好玩儿，航天员在太空中一直处于失重状态，肌肉容易萎缩，骨密度也会降低，如果不加强身体锻炼，回到地球后就可能无法站立。

运动出汗了该怎么洗澡呢？航天员不能在空间站里淋浴，要用擦的方式。在浴室里拿着特殊的喷枪往身上喷水，再把身体擦干。洗头发要用特制的带有洗发液的洗发帽，把它套在头上揉搓一段时间，再用毛巾擦干头发就可以了。

水是空间站最重要的资源，空间站里有高科技的再生式生命保障系统，包括电解制氧、冷凝水收集处理、尿液处理、二氧化碳去除等多种系统，实现水等消耗资源的循环利用，保障航天员能在太空长期驻留。

二〇二一年七月四日，"神舟十二号"航天员乘组密切协同，圆满完成出舱活动期间全部既定任务，航天员刘伯明、汤洪波安全返回天和核心舱，标志着我国空间站阶段航天员首次出舱活动取得圆满成功。这是继二〇〇八年"神舟七号"载人飞行任务后，中国航天员又一次出舱活动，比起上次太空漫步的十几分钟，"神舟十二号"航天员这次出舱活动持续了将近七个小时。

"神舟十二号" 着陆

    航天员的此次出舱活动，天地间大力协同，舱内外密切配合，圆满完成了舱外活动相关设备组装、全景相机抬升等任务，首次检验了我国新一代舱外航天服的性能，首次检验了航天员与机械臂协同工作的能力及出舱活动相关支持设备的可靠性与安全性，为空间站后续出舱活动的顺利实施奠定了重要的基础。

    航天员们在机械臂的协同下，完美完成了各项舱外任务，包括舱外航天服在内的相关设备的安全性、可靠性都得到了验证，航天员们在返回地面前将继续开展相关实验。

    在返程前，三位航天员有三件重要的工作要完成。第一，返回陆地前，要做好太空中的收尾工作；第二，为返回陆地做好一切准备，积极锻炼身体，避免对地球环境的不适应；第三，做好迎接"神舟十三号"载人飞船的准备。航天员们需要盘点空间站内的物资，将部分物品从物资船转移至空间站，以便下一批航天员使用。

返程前，三位航天员还进行了一场"天地连线"，与香港科技工作者、教师和大、中学生等近三百人展开交流。这场特别的见面会一直备受期待！

"你们在太空能进行锻炼吗？能否展示一下？"面对香港同胞们的提问，聂海胜为大家展示了"太极拳""倒立骑自行车"等，引起现场热烈的掌声。

"太空的无重力状态是非常特殊的实验环境，能介绍一下这次做的太空实验吗？"

"出舱后见到的地球漂亮吗？能看到香港吗？"

汤洪波一边展示，一边解答如何在失重环境中做实验。此时，飞船正经过印度洋上空，大家通过核心舱的舷窗，看到了美丽的地球，看到了透亮蔚蓝的大海。

回家的时刻终于到了，载人航天工程空间站工程阶段飞行任务总指挥部决定，九月十七日"神舟十二号"载人飞船返回地球。十六日八时五十六分，"神舟十二号"载人飞船与空间站天和核心舱成功分离。

分离前，航天员聂海胜、刘伯明和汤洪波在地面人员的配合下，完成了空间站组合体状态设置、实验数据整理下传、留轨物资清理转运等各项工作，之后依次关闭四道舱门，进入返回舱。

在离开空间站组合体前，聂海胜、刘伯明、汤洪波向地面科技人员和关心支持航天事业的人们表达了感谢和敬意。

分离后，"神舟十二号"载人飞船绕飞到核心舱下方，从下往上与核心舱进行首次径向交会试验。相比于以往的水平方向交会对接，径向交会难度有很大提升。为了与核心舱保持垂直九十度，"神舟十二号"载人飞船要不断调整姿态并保持稳定。这次试验不会实施对接，只是验证径向交会的关键技术，包括飞船上用来判断自身姿态和位置的敏感器在交会过程中能否有效发挥作用。试验也是为即将发射的"神舟十三号"载人飞船做准备。按照计划，"神舟十三号"载人飞船将会与核心舱的径向对接口实施交会对接。

"神舟十三号"载人飞船绕飞中会有三次姿态调整。首先是会在组合体上方，头尾调过儿。原来是推进舱在后，轨道舱在前，这样往组合体的后面飞，就会变成推进舱在前。等它到达组合体后下方一点五公里的中瞄点处，又会开始俯仰调姿，也就是边追着组合体走，边抬头，慢慢把自己竖立起来，变成了轨道舱在上。最后是转身一百八十度（这和对接机构的设计有关），来到距离组合体十九米的保持点。

对接的过程非常复杂，目前中国的飞行器当中也只有神舟载人飞船才能够实现。这得益于它有一个强大的"大脑"，运用自动控制技术，能够在零点几秒的时间里自动修正它的轨迹，最后依靠自动控制技术来实现径向交会对接。

那为什么还要进行验证？因为这项技术从来没有在太空中进行过试验，所以在"神舟十三号"到来之前，让"神舟十二号"先试一试，看看所有的控制系统的工作是不是能够保持在一个正常状态。

在"神舟十二号"预定返回的内蒙古东风着陆场，空中搜救回收分队的队员和五架直升机已经准备就绪，进入临战状态。东风着陆场是首次在载人航天任务中启用，同四子王旗着陆场比较，这里风力更大，温差更大，地形也较为复杂。地面人员已准备了多种处置预案，确保返回舱着陆后地面人员能够第一时间发现目标，抵达现场和进行处置。

九月十七日下午一时三十四分，"神舟十二号"载人飞船返回舱反推火箭成功点火后，平安降落在东风着陆场预定区域。

"返回舱出黑障！"这个消息宣告着航天员们回家的大门已经打开。根据实时报告，直升机调整待命位置，地面分队一组迅速向预报落点赶去。

"伞舱盖打开，开伞。"红白相间的降落伞在天空中打开，如同伴随英雄归来的彩云。

"反推发动机点火。"返回舱着陆，降落伞缓缓垂落在地面上。

"'神舟十二号'报告，已安全着陆。"

航天飞行控制中心响起了航天员的报告声，三名航天员终于回到了祖国的怀抱。

　　九十多天的太空之旅，刷新了中国航天员单次飞行任务太空驻留时间的纪录，"神舟十二号"载人飞行任务圆满成功！

摘星之旅

二〇二一年，"神舟十三号"的三名航天员将面对新的挑战，在茫茫太空中执行六个月在轨任务。

在杳无人迹的外太空中待六个月，三名航天员该怎样生活？我们的航天技术能够保障整个过程中航天员的安全吗？核心舱内新鲜食物、水源和氧气的供应能坚持那么久吗？最重要的是，三名航天员的身体能在长期失重的环境下顺利适应吗？

六个月，这是我国迄今为止时间最长的一次载人飞行。即使有了最前沿的技术支持，地面基地模拟演练过成千上万次，未知的风险也还是存在的。

"神舟十三号"的三名航天员翟志刚、王亚平和叶光富的态度十分坚定。

"请首长放心！我们坚决完成'神舟十三号'飞行任务！"

作为"神舟十三号"乘组的指令长，翟志刚给人的第一印象是沉稳果断。同事们都说，作为第一个完成太空行走的中国人，翟志刚的身上有种与生俱来的幽默气质，使他能在最艰难、凶险的环境下，始终保持从容乐观的心态。

王亚平是名聪颖果决的女航天员，也是一位温和慈爱的母亲。"神舟十三号"出发前，她与自己的小女儿约定，要去太空为她"摘一颗星星"回来。

三位航天员中，叶光富是第一次执行太空飞行任务，当他的目光投向舱外无垠的宇宙时，禁不住露出跃跃欲试的神采。从成为航天员，到如今真正进入太空执行任务，叶光富等待了足足十一年。

他幼年时父亲不幸去世，母亲一个人扛起了家庭生活的重担，操持家务，打理农活。叶光富读中学时收到了空军招飞的消息，他迫不及待地找到老师报名，却被告知参加面试还需要五十元的路费和餐旅费。

五十元，在当时不是一个小数目。

回想起许多个天还未亮的清晨，母亲披衣忙碌的身影，叶光富陷入了踌躇。为了这样一个机会，真的值得吗？如果凑钱去面试，最终却落选了该怎么办呢？

当母亲知道这一切时，斩钉截铁地表示：一定要去！就算四处想办法筹钱，也要去试试。母亲的决定从此改变了叶光富的一生。

二〇二一年十月十六日，零时二十三分，当三名航天员乘坐着长征二号运载火箭飞向太空时，在巨大的轰鸣声里，火箭几乎能熔化一切的、炽热到极点的尾焰，也同样在他们的眼底和胸膛灼烧。

天光和无限流云，一团团一簇簇撞上金色的窗子。地面基地中那成千上万次的训练都无法模拟他们此刻的状态和心情，细细密密的汗珠不断冒出来，一种无声的呐喊几乎升到了三人的嗓子眼。

五百八十二秒后，载人飞船与运载火箭成功分离，进入了预定轨道，宣告"神舟十三号"载人飞船的发射取得了圆满成功！

紧接着，"神舟十三号"的第一项太空任务摆在了三人面前：完成载人飞船与我国空间站组合体的自主交会对接。

"交会对接"技术是指两个航天器在空间轨道上会合，并且连接成一个整体。从前我国的航天器对接，都是在水平的方向进行，但"神舟十三号"的这次对接，将要挑战"径向交会对接"的全新技术。

在紧张有序的操作下，"神舟十三号"成功运行至空间站的下方，随后开始缓慢加速，并不断调整、配合空间站旋转的角速度，用大约六点五小时的时间，终于跟空间站天和核心舱成功对接，二者团团合抱，在太空中形成了一个坚实漂亮的组合飞行器。

按捺住内心的激动与喜悦，三名航天员从返回舱来到轨道舱，打开了天和核心舱的舱门，这里就是他们即将生活六个月的地方。

二○二一年十一月七日十六时三十分，三名航天员进入了天和核心舱的节点舱，开始为舱外航天服加压。他们即将执行"神舟十三号"乘组的首次出舱任务，出舱的两名航天员分别为翟志刚、王亚平，叶光富则会留在舱内做配合支持工作。

与此同时，北京飞控中心的"曙光"工作小组，也正紧张地观测着翟志刚的一举一动，随时监测着其身体的各项指标。

"曙光，我是01，我已出舱，感觉良好。"当这一声关键性回复终于传来时，地面大厅很快响起了掌声，然而掌声还未停止，一个小小的声音从舱内传来，是王亚平："曙光，我是02，我一会儿出舱，感觉良好。"接着是一个温和的男声："曙光，我是03，我下次出舱，感觉良好。"

王亚平和叶光富的插科打诨，让身经百战的"曙光"工作组成员忍不住愣了一下，随即大家哈哈大笑起来。就连一旁向来双眉紧锁、不苟言笑的指令长也没能绷住唇角。这两人，还有心思开玩笑，看来状态很好嘛！

二十时二十八分，王亚平也顺利出舱，成为我国第一位进行舱外太空行走的女性航天员。考虑到女性特有的身体结构，王亚平的舱外航天服是特别定制款，关节的设计更加贴合女性相对瘦削的身形，既美观，又进一步提高了安全性。

在叶光富的配合下，王亚平与翟志刚顺利完成了"神舟十三号"的第一次出舱任务。

而在执行完首次出舱任务后的第三天，地面上的人们收到了一段来自太空的朗读视频。

"这一切造成了一股奔腾的激流，具有排山之势，向着唯一的海流去。"在视频中，三名航天员朗诵了巴金著名长篇小说"激流三部曲"中的经典段落。越是了解神舟载人工程背后的故事，就越清楚航天员们数十年如一日的训练强度，在听到这段文字时，我们感受到的震撼就会越发强烈。"我无论在什么地方，总看见那一股生活的激流在动荡，在创造它自己的道路，通过乱山碎石中间。"一字一句中，除了星辰大海的浩荡广大，除了对祖国航天事业的无限热爱，还有那过往中无数个日夜里，无数场苦训的最终回响。

宇宙日复一日，无垠而静谧，有时候航天员们一觉醒来，忘记了身在哪里，但是舷窗外一颗一颗娴静的小星星会提醒他们。

在这条距离地球近四百公里的轨道上，空间站每隔九十分钟即可绕地球运行一周。

你知道那是一种多么美妙的体验吗？

在这里，航天员们每天都可以看到十六次的日升与日落，就像来到了《小王子》中的童话王国。每天的工作忙完后，他们默默在心底计算着时间，第九次，第十一次……哦，当又一次太阳升起的时候，应该是北京时间下午六点，玫瑰色的晚霞会温柔地投照在城市上空。

在这段"与世隔绝"的太空旅行中，三名航天员充分发扬了大力协同的精神，有时还会互相设计新发型。

在我国航天界，航天员们互相理发是老传统了，"神舟十二号"的航天员聂海胜就曾经说过："我的'专业理发师'就是我身边的搭档（汤洪波），我们在地面练了很多次，互相帮忙理发。"

可到了"神舟十三号"这里，一切似乎有点不太一样。

要说男航天员们互相理理发也算方便，可一旦面对王亚平如海藻般漂亮蓬松的头发，一向胸有成竹的指令长翟志刚好像也有点蒙了，反而是青涩的"太空新手"叶光富摇身一变，成了熟门熟路的"村口老师傅"，一面帮王亚平理发，一面不忘进行着自我表扬："瞧瞧咱这手法，瞧瞧咱这技术！"在太空理发是有一定风险的，为了避免被锋利的理发器误伤，王亚平必须尽量固定好身体，配合叶光富的各项指令。

仔细看，我们会发现叶光富手中的理发器外观十分奇特，原来，这是一个吸尘器样式的理发器，每当咔嚓落下一刀，理发器的吸尘装置总能够快速将碎发吸入连接的软管中，防止碎发和长时间飘浮的水珠进入太空站精密的仪器中，造成难以估量的危害。

理发完成后，王亚平将头发重新扎起，发尾在头顶散开，像个活泼的菠萝。在太空中能够拥有这样一个可爱清爽的发型，王亚平十分知足。

一眨眼，夏秋都倏然而过。

春节前夕，家家户户都忙着包饺子，贴春联，一边张罗着里里外外的事情，一边又忍不住打听："哎，你说，太空站里的三名航天员，年夜饭吃什么呢？"

实际上，早在"神舟十三号"发射前，负责后勤保障的部门就专门为三名航天员准备了三种馅儿的饺子，有经典的猪肉白菜馅儿，偏甜口的鲅鱼馅儿，还有百吃不腻的黄花菜馅儿。工作人员拍着胸脯保证，"神舟十三号"的食品清单基本能够做到一周菜式不重复。

来自黑龙江的翟志刚喜欢东北炖菜，可以！

来自山东的王亚平家乡盛产海鲜，安排！

来自成都的叶光富肯定离不了川菜，装满，都装满！

大年三十，我们的航天员不仅能尝到饺子的味道，还能尝到来自家乡的味道，和记忆里妈妈做的菜的味道。

除此之外，航天员们平时所吃的鱼、肉、蛋、奶也都是来自航天基地的高品质食材。为了保证牛奶的质量，航天基地的奶牛养殖处还会为它们播放钢琴曲。工作人员说，只有奶牛的心情好，才能生产出品质更好的牛奶。总之，咱们的航天员吃喝都不用愁。

年关将至，思乡情切，除夕当天，三名航天员把整个舱室布置得年味十足。

夜幕降临，华灯初上，当地面上的人们守在电视机旁等待观看春节联欢晚会的时候，遥远的空间站中，王亚平发来了这样一段视频："现在是北京时间七时三十分，我们的空间站正经过祖国的上空。"后来她回忆说，那是自己"第一次从太空视角看神州中国，除夕夜的灯光像火焰一样，特别漂亮"。

从太空中俯瞰自己的家乡，这样的经历，一生能有几回？当零点的钟声终于敲响时，空间站仍旧在既定轨道中飘浮着。三名航天员相视而笑，同时说出"新年快乐"。连日的忙碌后，他们进入了甜甜的梦乡。

"神舟十三号"的睡眠空间比国际空间站的大了一倍还要多，每个睡眠舱被分为上下两层，上面用来休息，下面可以放一些私人物品。王亚平的睡眠舱挂着三个卡通玩偶，舱壁上贴着家人的照片。此外，三个人的睡眠舱都分别有一个圆形的舱窗，当太空站旋转到一定的角度，航天员们可以透过它眺望地球。

在恒温、恒湿的太空舱里，他们只能用日期的更新来推测故乡的季节，推测某个月份里，地球的北半边，阳光和露水是否重新丰沛起来。

燕雀啁啾，又是新一年繁华如锦的春天了。

王亚平想，春天来到的时候，小女儿的头发应该会更长一点儿，柔软地垂到肩头。很多个夜晚，每当她想起和女儿之间那个"摘星星"的约定，内心也会变得柔软起来。

六个月时光匆匆，二〇二二年四月中旬，返航终于被正式提上了日程。"神舟十三号"乘组返回前，要完成几项重点工作，包括物品清点和物资转移、舱内环境的全面清洁维护、下行物品的整理打包等。

还记得刚刚来到空间站时，三名航天员高高兴兴"拆快递"的样子吗？那"快递"中很多都是生活用品和试验设备，现在要离开空间站这个临时的小家了，他们需要把一切恢复原样，等待着"新住户"的到来。

除此之外，三名航天员的体能训练也逐渐被提上了日程。由于长期处于太空的失重环境下，三名航天员的身体不可避免地出现了肌肉萎缩、骨质流失等问题，为了调整他们的身体状况，提前做好回归地球的准备，地面指挥中心有专业的团队为他们制订具有针对性的训练计划。他们还需要反复熟悉返航过程中的每个重要操作步骤，检查返回舱和各项系统，同时做好应急预案。

从前我们的载人飞船返回地球，一般要花整整一天的时间，而这一次"神舟十三号"将会首次实施"快速返回技术"，这项技术能够将返回所需的时间从以往的十一个飞行圈次压缩到五个飞行圈次，极大地压缩操作时间，大大提高航天员的返程舒适度。

这是中国乃至人类航天史上的首次"快返"。过往的经验告诉我们，航天技术上的每一次突破，往往都伴随着巨大的风险。快速返航不仅考验着三名航天员的身体素质、应变能力及操控技术，也同时考验着地面指挥人员和整个航天系统的默契程度。

二〇二二年四月十六日九时零九分，"神舟十三号"载人飞船开启返回制动。两分钟后，制动结束，进入了惯性滑行阶段。

北京航天飞行控制中心指挥大厅里，数百台精密仪器有条不紊地工作着，人们紧紧盯住中央的显示屏，忐忑而又充满期待地准备迎接英雄的凯旋。

九时四十一分，地面光学设备成功捕捉到返回舱的图像，一片灰蒙蒙的天色中，极速坠落的返回舱如流星般拖出一条长长的尾巴。一分钟后，返回舱主降落伞顺利打开。

指挥大厅猛地爆发出一阵掌声。

主屏幕中的影像终于渐渐清晰，降落伞越来越大，带着返回舱安然落地。

戈壁滩的风是冷的，叶光富的老家成都却热闹非凡，家里早已经准备好热气腾腾的饭菜，二十来个亲戚把厨房跟客厅挤得满满当当。姐姐叶亚丹还在厨房里忙碌着，锅里还炖着一道正宗的川菜——麻婆豆腐，细碎的肉末浸在鲜香热辣的红油里，和嫩生生的水豆腐一道咕嘟咕嘟冒着泡，只瞧一眼就让人食指大动。叶亚丹告诉记者，这些菜都是弟弟最喜欢吃的。

电视机里不断传来最新消息："各号注意，我是北京，现在通报返回舱第四次落点预报……"

二〇二二年四月十六日九时五十六分，"神舟十三号"载人飞船返回舱在东风着陆场成功着陆。在返回舱稳稳落地的那一刻，地面指挥大厅彻底被海浪般的掌声淹没了。他们出发时，胡杨正金黄，返回故乡的时候，茫茫大漠已新芽初绽。

第一个出舱的航天员是指令长翟志刚，这一路饱经颠簸，风尘仆仆，他的脸上却不见疲色。他说："向祖国和人民报告，我们圆满完成了'神十三'飞行任务。"

紧随其后的是航天员王亚平，她不断挥手，人群中始终有人喊着她的名字。她面向镜头，大声地说："摘星星的妈妈回来啦！"

当最后一名航天员叶光富顺利出舱后，地面工作组紧绷的神经终于放松下来。作为首次征战太空的航天员，叶光富圆满完成了自己的飞行任务，心情无比轻松畅快。天空碧蓝如洗，晴朗得连云朵也不见，于是他笑眯眯地比了个"爱心"。

"神舟十三号"乘组在太空驻守的六个月，是打破了我国空间站旧阶段、旧秩序的六个月，从三名航天员顺利返回的这一刻起，我国空间站将从此开启航天员长期驻留的时代，全新的历史任务将摆在中国航天人的面前。

王亚平曾经说过："在地面的时候，祖国是家，太空是梦；在太空的时候，太空是家，祖国是梦。"

关于太空，我们总有讲不完的故事，将那些伟大瑰丽的幻想——铺展开，或许就能碰到一点四九亿公里以外的太阳。

宇宙征程再出发

"我是零号，各号注意，五分钟准备——"

"五分钟准备！"

二〇二二年六月五日，北京时间上午十时三十九分，酒泉卫星发射中心，我国"神舟十四号"载人飞船进入点火倒计时。

"三分钟准备！"

天高云淡，阳光正好。发射塔下，长征二号F遥十四运载火箭通体洁白，巍然肃立，这是一位即将出征的航天战士。而另一边，三名航天员早已在各自的位置上准备就绪。

"一分钟准备！"

"五十秒！"

"摆杆打开——"

零号指挥邓小军紧紧盯住数字不断跃动的计时器，沉稳地发出指令。

"五、四、三、二、一！"

"点火！"

火光中，浓雾冲天而起，巨大的爆发力把近五百吨重的运载火箭稳稳送入深空。

全国各地的测控站点内，指挥口令声此起彼伏。随着镜头逐渐拉远，淡蓝色的天幕下，长征二号火箭像一根纯白的箭矢，稳稳升空。

作为我国载人航天事业承前启后的关键一环，"神舟十四号"承担着空间站新阶段中许多关键性的任务。回顾中国航天的发展历程，从"神舟五号"到"神舟十四号"，一幕幕动人的情景又一次浮现在人们眼前。

我们中国的航天员，是代表我们祖国冲向太空进行探索的英雄，代表着每个中国人对航天强国梦的不懈追求。

让我们再一次念出他们的名字，回顾他们的英雄事迹吧——

杨利伟，随"神舟五号"飞船首次进入太空，是中国第一个进入太空的航天员。

聂海胜，随"神舟六号"飞船进入太空；"神舟十号"乘组指令长，执行"神舟十号"和"天宫一号"对接操作；"神舟十二号"航天员，首批进驻中国空间站的航天员。

翟志刚，"神舟七号"乘组指令长，"神舟十三号"乘组指令长。太空漫步第一人，是目前在太空飞行时间最长的航天员。

景海鹏，先后随"神舟七号""神舟九号""神舟十一号"进入太空，担任"神舟十一号"乘组指令长。

刘伯明，先后随"神舟七号""神舟十二号"飞船进入太空，顺利完成与天和核心舱自主快速交会对接，并开展了一系列创新性、突破性科学试验和空间应用任务。

刘洋，随"神舟九号"飞船进入太空，中国首位女航天员，"神舟十四号"航天员。

王亚平，随"神舟十号"飞船进入太空，中国首位"80后"女航天员。"神舟十三号"航天员，中国第一位进行舱外太空行走的女性航天员。

……

每一位航天员的太空之旅，都是中国人辉煌灿烂的宇宙征途！